「あんたとこうして一日遊ぶなんて、初めてでしょ?」
一生働きたくない俺が、
クラスメイトの
大人気アイドルに
懐かれたら
6
国民的美少女
アイドルたちとの
クリスマス
岸本
イラスト みわべさくら
JN106006

クリスマスライブ
『一年に一度のクリスマス！』
ミア／宇川美亜《うがわ・みあ》

志藤凛太郎
しどう・りんたろう
クリスマスパーティー

『毎日頑張っている、とってもいい子のみんなには』
レイ／乙咲玲《おとさき・れい》
『私たちが、とびきりのプレゼントをあげる』
カノン／日鳥夏音《ひどり・かのん》

一生働きたくない俺が、クラスメイトの大人気アイドルに懐かれたら 6

国民的美少女アイドルたちとのクリスマス

岸本和葉

OVERLAP

CONTENTS

イラスト／みわべさくら

I don't want to work for the rest of my life,
but my classmates' popular idol get familiar with me.

第一章　カノンとの一日

アイドルとの共同生活。

それは、ただの男子高校生である俺にとって、明らかな非日常。

ただ、人間とは不思議なもので、そんな日常にもいつの間にか慣れてしまった。


ツインズとの一件が終わったあと、俺たちはいつも通りの日常を送っていた。

ミルスタのミーチューブ活動はまだ続いており、すぐに登録者数は二百万人を超え、依然としてチャンネル登録者数を増やし続けている。収益化もあっさり通り、ウハウハだとカノンが語っていた。現金なやつだと思いつつ、実際の収益を聞いたら、確かに笑いたくなるのも納得だった。

とは言え、そこで浮足立たないのがあいつらのすごいところ。

ミーチューブを続けつつ、相変わらずトップアイドルとして、芸能界でも大活躍している。常にストイックなあいつらを支えるために、俺も微力ながら手を貸している。

だからこれも、ミルスタの活躍のためと、割り切ることにした。

「……はぁ」

俺はげんなりとした顔で、駅へ向かって歩いていた。

十二月の頭。すっかり冷え切った風が、頰を刺す。水仕事で荒れ気味の手をこすりながら、俺は目的地へ歩を進めた。

待ち合わせ場所につくと、カノンらしき人影が目に入った。

「……あれ？」

ファーのついたショートコートに、ミニスカート。相変わらずこだわりを感じるファッションだ。

そう、今日はカノンが俺を独占する日。そうなった経緯は省くが、俺は今日、ご褒美としてカノンに尽くすのだ。

それの何が憂鬱なのかって？

想像してみてくれ。平々凡々な自分の隣に、誰もが憧れるスーパーアイドルがいる状態を。外にいる間、他の人に気づかれないよう、常に気を遣いながら過ごさなければならない。それがどれだけ精神的に疲れるか……。

はっきりさせておくが、俺はカノンと一緒にいることが嫌なわけじゃない。むしろ俺と一日過ごしたいと言ってもらえて、嬉《うれ》しく思っている。しかし、この精神的な疲労は別の話。玲《れい》やミアとのデートで、すでに俺はずいぶんと懲りているのだ。

──なんか、クズ野郎みたいだな、俺。

色々事情があったとはいえ、これでは女をとっかえひっかえしているようにしか見えない。ああ、気づかなければよかった……そう思いながら、俺はカノンのもとへ向かう。

「あ、りんたろー！」

こちらに気づいたカノンが、手を振ってきた。

まだ待ち合わせの時間まで十分以上あるのに、先を越されているとは思ってもみなかった。というか、同じ家に住んでいるのに、どうして俺たちはわざわざ待ち合わせしているのだろうか。カノン曰《いわ》く、そのほうがリスクが少ないからとのことだが……。

「ずいぶん早いな。まだ時間じゃないのに」

「あんただって人のこと言えないじゃない」

カノンは少し照れながら、俺の脇腹を肘で突《つつ》いてきた。

「ちょっとテンション上がり過ぎて、早く来すぎたのよ。あんたとこうして一日遊ぶなんて、初めてでしょ？」

そう言いながら、カノンは無邪気に笑ってみせた。

そのあまりの可愛《かわい》らしさに、周囲の視線が集まっている気配を感じる。

変装用のキャスケットとサングラスのおかげで、周りにはカノンだとバレていないはずなのに、しぐさと表情だけで目立っている。そもそも、まとっているオーラがそこら辺の一般人とは桁違いなのだ。油断すれば、すぐに人目を惹《ひ》いてしまう。

「……とりあえずここを離れようぜ。結構目立っちまってるぞ、お前」

「あ、それはまずいわね」

「ほら、とりあえずこっちだ」

止まっていると目立ってしまうから、しばらくは歩きながら話したほうがよさそうだ。

俺はカノンの手を取り、駅前を離れる。

「つーか、何するか全然聞いてないんだけど……って、どうした？」

「へ？　あ、う、なんでもないわよ！」

顔を赤くしたカノンは、恥ずかしそうに俺から目を逸《そ》らした。

もしや、俺と手を繋《つな》いでいるからか？

「悪い悪い、確かに恥ずかしいよな」

そう言いながら、俺は握っていた手を放そうとする。

するとと、今度はカノンのほうから手を握り返してきた。

「ま、待ちなさいよ！　別に、このままだっていいじゃない……はぐれずに済むし」「え、けど……」

「あたしがいいって言ったらいいの！　今日はあたしが主導権を握ってるんだから！」

「……まあ、お前がそれでいいなら」

手を繋いだまま、俺たちは横並びで歩く。

「……」

繋いだ手から、カノンの温《ぬく》もりが伝わってくる。

まずい、ちょっと意識してしまった。ただでさえ女子と手を繋いだ経験なんて数えるほどしかないのに、それが国民的アイドルなんて相手が悪すぎる。

しかし、ドギマギしているのがバレたら、絶対からかってくるだろう。俺のプライドを守るためにも、余裕があるところを見せなければならない。

「そ、それで、このあとの予定は決めてあるのか？」

「えっと……まずは服でも見ようかしら」

「なるほど、何も決めてないのね」

「そ、そんなわけないでしょ!?　今日はあたしがとことんエスコートするんだから！」

「はいはい……お手柔らかに」

そうして俺たちは、都会の街へと繰り出した。

まず俺たちが向かったのは、ハイブランドの店。

カノンはこの店の常連のようで、慣れた様子で店の中へと入っていった。

逆にブランドものなんてほとんど身に着けない、生粋《きっすい》の庶民肌を持つ俺は、おっかなびっくりあとをついていく。

これでも一応、大企業の社長の息子という立場なんだけどな。

「悪いわね、いきなりあたしの買い物に付き合わせちゃって」

「いや、今日はお前にとことん付き合うって約束だし、こっちのことは気にするな」

「そう？」

「それに、お前が普段どういう買い物をしてるのか興味あるしな」

正直、カノンがこういうお高めの店を好んでいると知って、安心した。

ミアもカノンと同じくそれなりにいいものを身に着けているが、少なくとも玲は、その辺の安い店で済まそうとする悪癖がある。結局シンプルに揃《そろ》えても、玲が着こなせない服はないし、安いものでもよく見せようという考えは、むしろ好感が持てる。ただ、せっかくアイドルとして大成したのだから、もう少し贅沢《ぜいたく》してほしいというか……。

「女子が買い物してるところなんか、大して面白いもんじゃないわよ？　同じ柄にしか見えない服同士で悩んだり、ひたすら試着しまくったと思ったら『なんか違うなー』ってひとつも買わなかったり……とにかく時間がかかるんだから」

「お前から言うのかよ、そういう話」

「あたしの買い物に付き合うなら、これを全部許せるくらいの覚悟を持ってほしいってことよ。待たせるのが嫌で、普段はできるだけひとりで買い物するようにしてるんだから。家族だってほとんど連れてこないのよ？」

なるほど、本人がここまで言うってことは、本当に過酷なんだろうな。

だが、覚悟ならある。一度付き合うと言った以上、今更それを曲げるつもりはない。

「安心しろよ。こう見えて、我慢強さだけは自信があるんだ」

薄着で家の中を歩き回るアイドルたちと毎日過ごしているのに、理性を保っているのがその証拠だ。

「……あんたがそこまで言うなら、こっちも手加減しないから」

「おう、どんと来い」

俺がそう言ってのけると、カノンは噴き出すように笑った。


「これと……これも。どっちがいいかな……」

カノンは近くにかかっていた服を、何着か手に取った。

なるほど、カノン自身が言っていた通り、どこが違うかいまいちよく分からない服ばかりだ。わずかに色味が違うだろうか？　そう思ったらそんな気がしてくるし、やっぱり同じにも見えるし……。

「ははっ、そんなにじっくり見なくても、これとこれはさすがに同じデザインよ？」

「げっ、マジか。じゃあなんで悩んでるんだ？」

「サイズが違うのよ。少し大きめのサイズを着るのがいいか、ぴったりサイズを着るのがいいかで迷ってたの」

「……どういう悩みなんだ？　それ」

「結構印象が変わるのよ。丈が数センチ変わるだけでもね」

そういうもんなのか。

ファッションに無頓着な俺には、縁のなさそうな話だ。

「あ、そうだ。せっかくだし、りんたろーの服もここでコーディネートさせてよ」

「え？　いや、いいよ……どうせ買えねぇし」

俺の貯金じゃ、ここにある服を一着買うことすら躊躇《ためら》われる。

仮に全身揃えていくなんてことになったら、一瞬で破産だ。

「何言ってんの？　お金はあたしが出すに決まってるじゃない」

「……本気で言ってんのか？」

「当たり前でしょ？　あたしが着せたい服をあんたに着てもらうんだから、お金なんて頼まれても払わせないわよ」

なんたる男気。玲やミアとは、別のベクトルで豪快な女だ。

とはいえ、正直ありがたいという気持ちより、申し訳ないという気持ちのほうが強い。

「……後ろめたく思うなら、明日はあたしの好きなもの作ってよ。それくらいはいいでしょ？」

「ああ、むしろそんなんでいいのか？」

全然釣り合ってないと思うんだが。

「あたしがいいって言ったらいいのよ。あんまり恥かかせないでよね」

「……そう言われちまうと、もう言い返せねぇな」

「ほら、さっさと見繕いに行くわよ！」

カノンに無理やり腕を引かれた俺は、そのままメンズコーナーへと連れて行かれた。

あーでもない、こーでもないと言いながら、カノンは俺の服を選んでいく。

そうしているときのやけに真剣な顔つきが、印象に残った。

「うーん……りんたろーはハイネックよりも、少し胸元を開けてたほうが似合う気がするのよね」

「……どこで判断してるんだ？」

「骨格とか顔つきとか、色々よ」

カノンは手に取った服を、俺の体に合わせ始める。

視線を常に服のほうへ向けながら、カノンはぽつぽつと語りだした。

「……あたし、将来は自分のブランドを作りたいの」

「ブランド？」

「そう、服とか、アクセサリーとか。アパレル系の道に行きたいの」

「へぇ……」

不思議と、意外には思わなかった。

「いい夢だな」

「適当に言ってるわけじゃないわよね？」

「当たり前だろ？　本心だよ」

俺がそう伝えると、カノンは頬を赤らめた。

「不思議ね。あんたにそう言ってもらえると、なんだか叶《かな》う気がしてくるわ」

「叶うだろ、カノンなら」

「あら、はっきり言ってくれるわね。根拠でもあるの？」

「お前がカノンだから」

カノンは常に色々なことを考えている。ずっと未来のことまで、ちゃんと。きっと、すでに自分のブランドを持つための道筋ができているのだろう。カノンの言葉には、俺でも分かるほどの〝現実味〟があった。

「三人の中だと、お前が一番しっかりしてるからな。なんの心配もしてねぇよ」

「……ふ、ふんっ、当然よ」

カノンが顔を逸らす。

その顔が、耳まで赤くなっていることを、俺は見逃さなかった。

「おっと、あのカノン様が分かりやすく照れるなんてな」

「は、はぁ!? 別に照れてないわよ！ あんたが当たり前のことしか言わないから、呆《あき》れてただけ！」

慌てふためくカノンを見て、俺は思わず笑う。

玲《れい》やミアと比べると、やっぱり打たれ弱いんだよな、こいつ。

「……あんたの夢は、相変わらず専業主夫なの？」

「ん？ ああ、まあ……」

「あれ、違うの？」

「いや、違わねぇんだけど……」

正直、親父《おやじ》との確執がなくなって、俺は少しばかり宙ぶらりんな状態になっていた。今までは親父への反発で働かなくていい立場を目指していたが、その気持ちがなくなった今、専業主夫へのこだわりは薄れつつある。

とはいえ、働きたいのかと言われればそんなはずもなく。ミルスタのサポートをしているうちに、ポジティブな意味で、この生活が続けばいいのにと思っている俺がいる。ただ、これが都合のいい考えであることも理解していた。

「今の環境に満足しちまってるっつーか……お前らのおかげで、ある意味叶ってるからさ」

「ふーん？　じゃあ、あたしたちに感謝しないとね？」

「ああ、いつもありがとな」

「……素直に返されると恥ずかしいんだけど」

今日のカノンはやけに弱いな。

いつもなら、ここからめげずに攻め返してくるんだけど。

「……このまま、ずっと四人で生活できたら……きっと幸せよね」

「カノン？」

「ううん、なんでもないわ。ほら、別の服も見てみるわよ」

取り繕った笑顔を見せ、カノンは歩き出す。

ずっとこのままでいられたら——俺だって、そう思わない日はない。

だけど、そうはいかないと分かっているから、こんなにも心が苦しいのだ。

俺は奥歯を噛《か》んで感情を押し殺し、カノンの背を追いかけた。

「うん、なかなか似合ってるじゃない」

試着室から出てきた俺を見て、カノンは大きくひとつ頷《うなず》いた。

黒いインナーに、グレーのオーバーサイズのパーカー。下はデニムで、全体的にモノトーンな感じに仕上がっている。

鏡を見た感じでは、我ながら悪くないように思えた。

「思った通り、結構大人っぽい印象になったわね」

「そういうところまで考えて服を選んだのか？」

「当たり前よ。コンセプトは最初に決めておかないと、あとで迷っちゃうし」

――――なるほど。

俺はもはや頷くことしかできなかった。

「どう？　気に入った？」

「ああ、新鮮で気に入ったよ」

「ほんと？　せっかくだし、今日はそれ着て歩いてよ」

「別にいいけど……マジで買うの？　これ」

恐る恐る、ついている値札を見る。

そこには目を疑いたくなるような値段が書かれていた。さすがに十万を超えたりすることはないけど、このパーカーだけで、俺のひと月のバイト代がほとんど消し飛ぶ。

「いいのよ。ミーチューブの収益とか、あんたの協力ありきだったのに、全部あたしたちで分けちゃってるし……ずっとそれが心苦しかったから」

俺に気を遣う必要なんてまったくないのに、カノンは申し訳なさそうに苦笑いを浮かべていた。

「抵抗あるかもしれないけど、できれば受け取ってよ。一応、あんたが受け取るべき正当な報酬の範囲だと思ってるわ」

「……そういうことなら」

もはや断るのも野暮というもの。

俺は素直に受け取ることにした。

「ありがとう、カノン」

「いいのよ。あ、でもあたしの好きなもの作るって話は忘れないでね？」

「おう、お安い御用だ」

それから会計を済ませ、俺たちは店をあとにした。

◇◆◇

続いて俺たちは、新しくできたカフェとやらに向かっていた。

SNSで話題になっているらしく、ミルフィーユスターズというインフルエンサーとして、調査しておかなければならないというのが、カノンの言い分だった。


——本当はこれが食べたいだけじゃないのか？


行列に並びながら、店の看板に描かれたフレンチトーストの絵を見る。

どうやらただのフレンチトーストではないらしく、上にはバニラアイス、そしてメープルシロップ、さらには生クリームが添えられているようだ。

一見、こんな行列ができるほど、目新しい要素はないように思える。

「このお店がバズってる理由は、トッピングの多さよ」

「トッピングの多さ？」

「そう。色々なトッピングを好きなだけ載せられるの」

「へぇ……」

フレンチトーストは、とてもシンプルな料理だ。

パンを卵、牛乳、生クリームに浸して、焼くだけ。

そのシンプルさが故に、トッピングによって無限大の可能性を見せるというわけか。

なるほど、面白そうだ。

それなりに待ったが、俺たちは店内に入ることができた。メニューにはドリンクと、フレンチトーストのトッピングメニューだけが書かれている。

「……トッピングって、どれくらい選べばいいんだ？」

メニューを見る限りでは、最大三十種類まで選べるようだ。

俺はそこまでのトッピングを必要としていない。この店で言うのもなんだが、一種類でも十分なくらいだ。

「オーソドックスなのは、アイスとメープルシロップとか？　あたしは五つにするけど、あんたは三つくらいがちょうどいいんじゃない？」

「ありがたいアドバイスだ。じゃあ俺は三つにするよ」

俺はバニラアイス、メープルシロップ、イチゴをチョイス。

カノンは、俺と同じものにプラスして、キャラメルとアーモンドスライスを選んだ。

「やっぱ、こういうところに来ると、ちょっとそわそわするな」

俺は周囲を見回しながら、そう言った。

ざっと見た感じ、ほとんど女性しかいない。奥のほうにカップルが座っており、おかげで男の客がゼロというわけではないものの、この男女比で居心地がいいわけもなく……。

「……そういえば、あんたシロナとデートしたときも、こういうカフェに行ったとか言ってなかったっけ？」

「ああ、あれはパンケーキの店だったけどな」

「……ふーん」

カノンが機嫌の悪そうな表情を浮かべる。

ツインズとは色々あったからな。一応和解したとはいえ、思うところがあるのかもしれない。

「あの子たちとは、連絡取ってる？」

「ん？　ああ、たまにどうでもいい世間話が送られてくるよ。あいつらもあいつらで、上《う》手《ま》いことやってるみたいだ」

あの一件から、ミルスタもツインズもガンガン人気を伸ばしている。ミーチューブという海外でもメジャーな配信サイトで活動するようになったことで、ミルスタは一気に海外ファンを獲得した。

逆にツインズは、ミルスタとのコラボからテレビでの露出が増加している。シロナの話だと、来春からツインズのレギュラー番組が始まるとかなんとか。

紆余曲折《うよきょくせつ》あったが、結局あの一件は、両者にいい影響を与えたようだ。

「アイドルからダル絡みされるとか……いいご身分ねぇ、あんた」

「あいつらから絡まれてるのは、お前らがきっかけってこと忘れんなよ？」

俺がそう言い返すと、カノンはケラケラと笑った。

「……ふと思ったんだけど、ゲームの賞品が俺と出かけることなんて、もっといいもんがあったんじゃないか？」

「何言ってんのよ。あんたとの時間にはちゃんと価値があるわよ」

「そうなのか……？」

そう言ってもらえるのは素直に嬉《うれ》しいが、俺自身はまったく理由が分かっていない。

「……あんたと一緒にいると、普通の女の子みたいに笑えるの」

カノンがそう言ったとき、店内ＢＧＭがミルスタの曲に変わる。

一瞬、カノンの存在が店側にバレたのかと焦ったが、どうやらそういうわけではなく、ただの偶然のようだ。俺が過敏になっているだけで、国民的アイドルの曲が流れてくることは、まったく不自然ではない。

「売れるために努力してきたんだから、こうして変装しないと外を歩けないっていうのは、むしろ望むところって感じなんだけど……しんどいもんはしんどいのよ」

「そりゃそうだろうな」

玲《れい》もミアも、同じようなことを言っていた。

アイドルになったことは後悔していない。ただ、たまに息苦しくなると。

贅沢《ぜいたく》な悩みであることを理解しているから、彼女たちはそれを愚痴ったりはしない。

「でも、俺といたって変装しなくて済むわけじゃねぇだろ？」

「そうだけど、うーん……気持ちの問題っていうか、なんか、安心するのよ。あんたといるだけでね」

　理由はよく分かんないけど――。

　ヘラッと笑いながらそう告げたカノンを見て、ふいに心臓が跳ねた。

　なんとなく、三人と同じマンションに住み始めた頃のことを思い出す。少し弱っていたカノンに肩を貸したあの日。

　アイドルってことを忘れられる、確かにカノンはそう語っていた。

　そして、安心できるとも。

「あ、りんたろーもあのときのこと思い出してたでしょ？」

「よく分かったな」

「分かるわよ。あたしも同じだし」

　そう語るカノンの顔は、どこか大人びて見えた。

「また肩でも貸してもらおうかしら？　それか、今度は膝枕とか？」

「そういうのは男側のロマンってやつじゃないのか？」

「別に、女だって膝枕されたいって子はいっぱいいるわよ。少なくともあたしは、あんたの膝ならよく眠れそうだわ」

俺と一緒にいることが、安心につながる。

本人である俺にその感覚は分からないけれど、その程度でカノンが安心できるというのなら、肩でも膝でもいくらでも貸してやる。心の底から、そう思えた。

「お待たせいたしました、こちらフレンチトースト・トッピング三種と、五種です」

そんな話をしているうちに、フレンチトーストが運ばれてきた。

――――多いな。

皿の上には、かなり厚みのあるフレンチトーストが二枚。見ただけで胃もたれしそうだ。

二つの巨大フレンチトーストの周りには、トッピングがこれでもかと添えられている。

シロナと食べに行ったパンケーキもなかなかだったが、このフレンチトーストも勝るとも劣らぬ衝撃を与えてくる。

「おー！　ＳＮＳの写真よりもボリューミーね！」

「食いきれるか不安になってきたんだが……」

「大丈夫よ。食べきれなかったらあたしがもらうし」

「それを聞いて安心したよ」

カノンの胃袋のでかさはよく知っている。

ミルスタの中では一番小食なカノンだが、それはあくまで玲とミアと比べればという話であり、一般的な女子と比べれば圧倒的に大食だ。普段料理を作っている側の見立てでは、三皿までなら食べられるだろう。

俺はナイフでフレンチトーストを切り分け、口に運ぶ。

まずはそのまま。外はカリカリ、中はふわとろ。しみ込んだ卵液がじゅわっと染み出し、素朴な甘みとバターの香りが口いっぱいに広がる。

「めちゃくちゃ美味《うま》いな……」

「うん、美味《おい》しいわね」

頬を緩めながら、カノンは二口めを口に運ぶ。

負けじと俺もフレンチトーストを切り分け、今度はアイスクリームを載せる。

アツアツのフレンチトーストに、冷たいバニラアイスが見事に調和し、思わずにやけてしまうほどの甘みが脳みそを溶かす。

なるほど、トッピングを使い分けて、飽きが来ないように食べ進めていくのか。そういえば、トッピングメニューにウィンナーやベーコンの文字があった。見たときは存在理由がよく分からなかったが、塩気が強いトッピングを途中で食べることで、甘さをリセットできるのだろう。よく考えられている。俺も頼んでおけばよかった。

ただ、今のトッピングだけでも、十分食べきれそうだ。

一緒に頼んだコーヒーもある。甘みを相殺《そうさい》できるのは、何も塩気だけではない。

そうして俺は、特大フレンチトーストを食べ進めた。

「……大丈夫？」

「ああ……なんとか」

俺は腹をさすりながら、大きく息を吐いた。

目の前には何も載っていない皿がある。

俺はなんとかフレンチトーストを食べきることに成功した。本当にギリギリの戦いだった。胃袋がパンパンというより、甘さにやられたという感じだ。

「もう当分甘いものは食いたくねぇ」

「ああ〝とうぶん〟だけにね」

「うるせぇよ」

上手いこと言ってやったぞって顔するな。

「まあまあ、コーヒーでも飲んで落ち着きなさいよ」

「言われなくても……」

俺は途中でおかわりしたコーヒーを、一気に飲み干した。

幸いだったのは、コーヒーのおかわりは自由だったことだ。専門店と違い特別美味しいコーヒーというわけではなかったが、甘さを中和するには十分だった。

「ふぅ……でも、美味かったな」

「その言葉が聞けてよかったわ」

そう言いながら、カノンはニカッと笑った。

さて、食べきってしまったからには、いつまでも休んでいるわけにはいかない。

客足はまったく衰える様子を見せず、行列はまだまだ長そうだ。

そろそろ席を空けるとしよう。手早く会計を済ませ、俺たちは店を出た。

「腹ごしらえも済んだし、今度はアクセサリーでも見に行こうかしら……ちょっと歩くけどいい？」

「もちろん。むしろカロリーを消費させてくれ」

腹をさすりながらそう告げて、俺たちは新たな目的地に向かって歩き出す。

その瞬間、俺は前から歩いてきたカップルにぶつかりそうになり、とっさに体をそらした。

「あ、ごめんなさい……！」

「いえいえ、大丈夫です」

このカップル、どうやらお互いの顔を見つめていたせいで、前を見ていなかったようだ。

危ないからやめたほうがいいぞと内心思いながら、カノンと合流する。

「大丈夫？」

「ああ、ぶつかりそうになっただけだ」

「お熱いわね～。まあ、前はちゃんと見たほうがいいけど」

呆《あき》れた表情を浮かべながら、カノンは歩き去っていくカップルの背中を見る。

「……そういえば、あんたってまだ女の子と付き合ったことないって言ってたわよね」

「そんなはっきり言わんでも……まあ、その通りだけどさ」

別に、高校二年生で彼女がいないなんて、普通のことだろ。

うん、普通のことだ。

「そういうお前はどうなんだよ」

「あたしを誰だと思ってるの？　バリバリ経験豊富に決まってるじゃない――――って、言いたいところだけど……これがゼロなのよねぇ」

「だろうな」

「だろうなって何よ!?　こんな美少女に彼氏がいないなんておかしいでしょうが！」

ギャアギャアと切れるカノンは相変わらず面白おかしいが、言っていることはあながち間違っていない。

ただ、カノンの場合、俺のような人間とはまったく悩みの方向性が違う。

俺は恋人がほしいと思っても作れない。しかしカノンは、作ろうと思えばいくらでも作れるはずなのだ。アイドルという立場である限り、それは一生叶《かな》わない話だが。

「……ねぇ、アイドルに彼氏がいるって、おかしいと思う？」

「おかしいとは思わねぇが……ファンを裏切ったことにはなると思う」

「その心は？」

「うーん……最初から彼氏がいるとか、既婚とか発表してるならともかく、ファンになった人たちは〝彼氏がいない〟女の子を応援してるつもりになっているだろ？　彼氏がいたってだけで叩《たた》く連中の気は知れないが、ファンを辞めたくなる心理は……まあ、分かるんだよ」

アイドルはみんな、恋人なんていないという体《てい》で活動する。

はっきり〝いません〟と公言していない時点で、詐欺でもなんでもないのだが、少なくとも大部分のファンは、その〝体〟に期待して応援する。

いざ恋人がいると分かったとき、期待していた彼らがファンを辞めるのは、自然なことだと俺は思う。

何度も言っておくが、それでアイドルを叩く連中はナンセンスだ。他者を傷つけるような人間に、自分を正当化する権利などない。ただ、それはアイドルにも言えること。勝手に恋人がいないと勘違いしたのはファンとでも考えているなら、そいつ《そっち》は最低な人間だ。

「アイドルだけじゃない。芸能界も、飲食店も、アパレルも……みんな、ファンや顧客の力で生かされてる。取引相手と言い換えてもいいな。彼らがノーと言えば、みんな利益を得られなくなるってわけだ。じゃあ、裏切るべきじゃないよな」

「……そうね。その通りだと思うわ」

金を出すのも自由だし、出さないのも自由。

その選択を咎《とが》めることは、誰にも許されない。

少し間が空いて、俺は妙に恥ずかしくなった。

本物のアイドル相手に何を語っているのだ、俺は。

「あたしもね、隠し通す自信があるなら、別にいいと思ってる。でも、それってめちゃくちゃ難しいことでしょ？　常に周りを気にして、相手にもそれを強要しないといけないなんて……申し訳なさすぎるわ」

そう言いながら、カノンはわずかに顔をしかめた。

「……ねぇ、りんたろー。あんた、あたしたちの気持ちには気づいてるのよね」

とぼとぼと歩きながら、カノンは俺に問いかけてきた。

ここは言葉をよく選んだほうがよさそうだ。俺の下手な発言が、誰かを傷つけてしまうかもしれないから。

「……そうだな。気づいてないとは言わん」

カノンと目を合わさぬまま、俺はそう答えた。

俺は、彼女たちの気持ちに気づいている。これだけ一緒にいたら、どんなに鈍感なやつでも気づくはずだ。

「確認させてよ、りんたろー。気づいた上で、あんたはどうするの?」

「……どうもしねぇよ。お前らがアイドルである限り、俺は誰の気持ちにも応えない」

俺にとって、それは越えてはいけない一線だ。

決して侵してはいけない、聖域のような世界。彼女たちがそこにいる限り、俺は足を踏み入れるつもりはない。

「あくまで、俺はお前らのサポーターだ。それ以上でも、それ以下でもないよ」

「……その立場を変えるつもりはないのね?」

「ああ、そうだ」

「はぁ……」

俺がそう言い切ると、カノンは盛大なため息をついた。

「あんたって、本当に罪なやつよね。なんで我慢できるわけ?」

「ヘタレなだけだ。誇れるようなことじゃねぇよ」

「あんたはヘタレなんかじゃないわよ。あたしが言うのもなんだけど、あたしたちの世話は、ヤワな人には務まらないわ」

「褒められてるのか? それ」

「当たり前でしょ? 褒めてるわよ」

言われてみれば、確かに三人の世話係は、生半可な覚悟では務まらない。俺の役目は、とにかく三人が気持ちよく仕事だけに集中できるようにすること。朝起きて、美味い飯を食って、仕事に行って、帰宅して綺麗《きれい》な風呂に入って、ただ寝る。その状態を作り上げるために、俺は誰よりも早く起きて、誰よりも遅く寝る。

辛《つら》いとはまったく思わない。俺は三人に支えられて生きている人間だ。三人がいなければ、親父《おやじ》とも向き合えず、前向きに生きていくこともできなかった。

俺は、俺が三人を支えたいから、進んで今の生活を送っている。しかし、この生活を辛いと感じる人がいることも、理解できないわけではない。

「ままならないわねぇ、人生って」

「なんだよ、急に語っちゃって」

「こっちはねぇ、さっさとひとり選んでくれたほうが気持ちが楽なのよ」

「んな無茶な……」

「分かってる。頭は冷静だから」

カノンは再び大きなため息をついた。

「理性はちゃんと働いてるわ。でも、あんたの一番になりたいって欲望が、日に日に強くなってる気がするの。……だから、決めるならさっさと決めてよね」

「……そんなはっきり言うかね、普通」

「何事も、問題を解決するためには言語化が不可欠なのよ」

可愛《かわい》らしくウィンクしたカノンは、そのまま何故《なぜ》か俺に腕を絡めてきた。

「お、おい！　どういうつもりだ……!?」

「簡単な話よ。このモヤモヤを解決するには、あんたがあたしに振り向けばいい。そうと分かれば、振り向いてもらえるまでアピールするしかないじゃない！」

「だからって……！」

「ほら！　さっさと行くわよ！」

——こいつの気配りには敵《かな》わないな。

カノンにずるずると引っ張られながら、俺は苦笑いを浮かべた。

話しているうちに暗くなってしまった雰囲気を、なんとかしようとしてくれたのだろう。

「……ん？」

ふと、視線が脇道に吸い寄せられた。

俺の異変を感じ取ったのか、カノンが俺に絡めていた腕を緩める。

「どうしたの？」

「いや、ちょっと気になる店があって……」

「店？」

「ちょっと見に行ってもいいか？」

「別にいいわよ。急いでるわけでもないし」

カノンと共に脇道に入った俺は、その店の前で足を止めた。

それは刃物などを扱う、老舗《しにせ》の店だった。店の外にはショーウィンドウがあり、そこには見栄えのいい包丁が並べられている。

料理はするが、板前でもなんでもない俺は、見ただけで包丁の良《よ》し悪《あ》しなんて分からない。しかし、そんな俺でも強く心惹《こころひ》かれてしまうくらい、並べられた包丁には、これまで扱ってきた包丁とは明らかに違う魅力があった。

「ここに包丁のお店なんてあったのね……中見てみる？」

「え、い、いいのか？」

「そんなにソワソワした顔見せられたら、早く次行きましょうなんて言えないわ」

呆れているカノンに礼を言って、俺は店の中に足を踏み入れた。

店の中には、さらに多くの包丁が並べられていた。

刺身包丁に、出刃包丁、牛刀、三徳包丁、ペティナイフなどなど。

どれも美しい輝きを放っている。今使っている包丁も十分いいやつだし、なんの不便もないけれど、やはり職人が作ったであろう道具には、利便性とはまた別の魅力を感じてしまう。

「……あたしには違いが全然分からないんだけど、欲しいものとかあるの？」

「うーん……そうだな、やっぱり牛刀かな。用途が多いし」

牛刀とは、いわゆる万能包丁の一種であり、肉だけでなく、魚や野菜も切ることができる、まさにこれさえあればといった包丁である。

刃渡りが長いため、キッチンの広さによっては扱いにくさも出るが、今の環境であればそんなデメリットは関係ない。

「……お兄さんたち、学生さん？」

そのとき、店の奥から店主らしきお爺《じい》さんが現れた。

お爺さんは、分厚い眼鏡のレンズ越しに、俺たちを見つめている。

怪しまれている――ようにも見える。まあ、どう見ても想定している客層からズレているからな、俺たち。

質問されているのだから、答えないわけにはいかない。俺はできる限り愛想がよさそうに見える笑顔を張りつけ、口を開いた。

「はい、学生です。……もしかして、未成年って入っちゃ駄目だったりしますか？」

「そんなことはないさ。すまんね、急に声をかけてしまって。若い子が来るなんて中々ないことだから、ついね。……君、ちょっと手を見せてもらえるかな？」

「え？　あ、はい……」

言われるがまま、俺はお爺さんに手を見せる。

俺の手を見つめながら目を細めた彼は、感心したように大きく頷《うなず》いた。

「……立派なタコがあるね。たくさん料理をしている証拠だ」

「あ……え？」

「こういう店だと、たまに悪さをする子も来るものだから……でも、君は包丁を正しく使える子のようだ」

そう言いながら、お爺さんは温かな笑みを浮かべる。

俺たちのやり取りが気になったのか、カノンが覗《のぞ》き込んでくる。

「あら、ほんとね。こんなところにタコあったんだ」

「ああ……まあな」

俺の手には、包丁によってできたタコがある。

持ち方が悪いからタコができるらしいのだが、確かに、数年前の俺は切れ味の悪い包丁を使って、力任せに食材を切ろうとしていた。

今となっては包丁の扱いにも慣れて、タコができるようなことはなくなったが、これはそんな時代の古傷のようなものだった。

「さて、何か買っていくかい？　うちはいい包丁が揃《そろ》ってるよ」

「あ……じゃあ、牛刀が見たいんですけど」

「ああ、それならこの辺りだね」

お爺さんに案内されたコーナーには、美しく輝く牛刀が並んでいた。

どれも高品質なのだろう。見ただけで分かる。ただ、その品質に比例して、どれも値段がえげつない。さっきのショップにあった服が、何着か買えてしまう金額だ。

「……とても手が出ません」

「ははは、それは仕方ないね」

残念なことではあるが、同時に分かっていたことでもある。

こんないい包丁が、俺の貯金で買えるわけがない。故にそこまでの落胆はなかった。

「買えるようになったら、そのときはまたおいで」

「はい、ありがとうございます」

さて、買えるときなどいつになることやら。

しかし、希望だけは捨てずに生きていくことにしよう。

「時間もらって悪かった。そろそろ行こう」

「……ん？　ああ、そうね」

俺はカノンを連れて、店をあとにする。

声をかけるまで、カノンはずっと何かを見つめている様子だったが、一体何に対して注目していたのだろうか？

そんな疑問は、カノンと一日過ごしている間に、いつの間にか忘れ去っていた。

第二章

男子会

十二月に入り、冬休みもすぐそこまで迫ってきたこの時期、俺たち学生には最後の難関が待ち受けていた。

「こらー、歩いたりすんなよー」

体育教師が俺たちに声をかける。

俺は小さくため息をついて、わずかに走る速度を上げた。

二学期の難関のひとつ、それがこの〝マラソン大会〟だ。

毎年、公園のサイクリングコースを借りて、ただ走るだけというこの行事。当然生徒からは大不評なイベントであり、欠席したがる者があとを絶たない。たとえ欠席できたとしても、結局あとで走らされるため、まったくもって休む意味はないのだが――――。

内心つらつらと文句を言いつつも、俺は別に走ることが苦手なわけじゃない。

運動不足解消のために、自主的にランニングする日もあるくらいだ。足が速いわけじゃないが、ただ走るだけなら特に問題はない。ただ、面倒くさいだけだ。

「はぁ……はぁ……」

のんびりと走っている俺の隣では、親友である雪緒《ゆきお》が息を切らしながら走っていた。その顔には苦悶《くもん》の色が滲《にじ》んでおり、すでに足元はだいぶおぼつかない様子だ。

「大丈夫か、雪緒」

「だ、だいじょぶ……はぁ……はぁ……」

雪緒の体は、女子と見間違うほど細い。それに体も強くないから、ちょっとの距離を走っただけで、すぐに息が切れてしまう。こいつにとって、マラソン大会はまさに地獄のイベントだ。

「……ペース落とすか。もう少し後ろに下がっても問題ねぇだろ」

体調を崩したときにすぐ助けられるよう、俺は雪緒のペースに合わせて走っていた。今俺たちがいるのは、中間層から少し後ろくらい。雪緒のペースにしては、十分すぎるくらいの位置である。

「やだっ……！　今年はちゃんと走るの……！」

そう言いながら、雪緒のペースが少し上がる。頬を赤く上気させ、荒い呼吸を繰り返している姿は、なんとも痛ましい。しかし、こいつはこいつで頑固なところがある。去年は体調不良でリタイアしてしまったこともあり、ずいぶんとムキになっているようだ。

雪緒の頑張りを見ていると、次第にこのマラソン大会という行事に対して怒りが湧いてきた。

マラソン大会のコースの長さは、十キロメートル。ちょうどサイクリングロード一周分の長さだ。本来は自転車で走る場所なのに、何故《なぜ》俺たちは自分の足で走らなければならないのだろう。先日のカノンの言葉を借りるなら、ままならないというやつである。

そんな風に考えていると、近くを走っている連中から視線を感じた。

「おい……なんか」

「ああ……稲葉《いなば》ってちょっと……エロ――――」

――聞かなかったことにしよう。

◇◆◇

「雪緒、水もらってきたぞ」

「はぁ……はぁ……ありがとう、凛太郎《りんたろう》」

座り込んだ雪緒に、俺は水の入ったペットボトルを渡す。

あれからペースは落ちたものの、雪緒はついに十キロという拷問とも思える長いコースを走り切った。去年と比べると、著しい成長である。親友として、俺は雪緒の努力を心の底から称《たた》えた。

雪緒は両手でペットボトルを持ちながら、コクコクと喉を鳴らして水を飲む。

「ぷはぁ……頑張ったあとの水って美味《おい》しいね」

「ああ、そうだな」

俺は雪緒の隣に腰を下ろす。

なんだかんだ言いつつ、俺も十キロのランニングは体にこたえる。

息切れは収まったが、しばらく動く気がおきないくらいには、強い疲労を感じていた。

俺と同じ状態の人間が多いというのは、このゴール近辺の人口密度が証明している。みんな動きたくないようで、適当な地面に座り込んで雑談を繰り広げていた。

――いや、一部例外もいる。

「それじゃあ、女子の部始めるぞー」

男子の部が終わり、今から女子がこのサイクリングロードを走る。

距離は八キロ。男子と比べれば多少短いが、十分辛《つら》い距離である。

「ほら、あそこあそこ！」

「あ、いた！　乙咲《おとさき》さんマジで走るの!?」

男子たちが女子のスタート地点に群がっていく。

目的はもちろん、玲《れい》の姿を見るためだ。

「えらいね、乙咲さん。仕事を理由にして休めるはずなのに」

「そういうことはしないからな、あいつ」

それに、玲は普段から体力づくりのために走っている。元々、運動神経は抜群だし、体を動かすこと自体が好きらしい。八キロくらいなら、余裕でゴールしてしまうだろう。

「はい、じゃあスタート」

先生の号令で、女子の部がスタートした。

男子たちは、一斉に玲の姿を目で追い始める。

彼らが注目しているのは、大きく揺れる、彼女の持つ大きな二つの膨らみ――。

「凛太郎、またいつもの顔になってるよ」

「え？」

「自分より低俗な人を見て、心を落ち着けてる顔」

おっと、危ない危ない。

俺は慌てて猫をかぶり直す。

「そういえば、絶好調だね、ミルスタのミーチューブ」

「ああ、おかげさまでな」

ミルスタのミーチューブが伸び続けている理由には、雪緒の尽力が確実にかかわっている。なかなか時間が取れない三人と、配信活動に疎《うと》い俺だけでは、到底ミーチューブの研究なんてできなかった。その役割を雪緒が担ってくれたおかげで、あいつらは動画撮影に集中できたのだ。俺もあいつらも、雪緒にはまったくもって頭が上がらない。

「とにかくよかったよ、全部一件落着したみたいで」

「毎度毎度悪いな、心配かけて」

「心配なんていくらでもかけてよ。君の役に立てるなら、なんだってするからさ」

得意げに笑う雪緒に対し、俺は心の底から感謝した。

「もう学校に戻っていいみたいだけど、どうする？」

「別にやることもねぇし、戻るか。体は大丈夫か？」

「うん。ちょっと怠《だる》いくらいで、他は大丈夫」

体が怠いのは、疲労のせいだろう。

休憩を切り上げて、俺たちは学校へと戻ろうとする。

すると、ちょうどいいタイミングでクラスメイトが声をかけてきた。

「おーい、凛太郎、稲葉！」

「あ、柿原《かきはら》くんと堂本《どうもと》くんだ」

俺たちのもとにやってきたのは、柿原祐介《ゆうすけ》と、堂本竜二《りゅうじ》だった。

夏休みから文化祭にかけて、この二人とは色々と感慨深い経験をしてきた。

あれからまた時間が経《た》ち、俺たちの関係は、あのときよりもさらに深まっていた。

「お疲れさん、二人とも」

「二人もな」

竜二のねぎらいに、俺もねぎらいで返す。

「なあ、二人がよければなんだけど、このあとファミレスでも行かないか？」

「ファミレス？　俺はいいけど……」

今日は玲たちの帰りが遅い。二十時までに家にいれば問題ない。

「僕もいいよ。でも、急にどうしたの？」

「実は……凛太郎と稲葉に勉強を教えてほしくてさ」

ああ、なるほど。俺と雪緒は揃《そろ》って頷《うなず》いた。

マラソン大会が終われば、次に待ち受ける関門は、学期末テストである。

テスト期間中にマラソン大会すんなよと言いたいところだが、俺たちにはどうすることもできない。

「まあ、俺たちに教えてほしいっていうか、俺に教えてほしいんだけどな。別に祐介は勉強できるし」

そう言って、竜二は豪快に笑う。こいつは運動はぴかいちなんだが、勉強はからっきしだ。クラス内順位は、下から数えたほうが圧倒的に早い。

対する祐介は上の下といった成績で、運動も勉強も隙がない。最近では、恋人である二《に》階堂梓《かいどうあずさ》のスパルタ授業によって、ますます勉強の成績を上げている。

「というわけで……俺と凛太郎と稲葉で、竜二の勉強を見てやるって感じになりそうなんだけど……どうかな？」

「問題ねぇよ。教えることも勉強のうちだし」

「そう言ってくれると助かるよ。俺、あんまり教えるのが得意じゃなくてさ」

雑談しながら、俺たちは学校に戻ろうとする。

その矢先、俺は雪緒に後ろから腕を引かれ、足を止めた。

「っと……どうした？」

「どうしたっていうか……凛太郎、あの二人の前じゃ猫かぶりモードじゃなかったっけ？」

「まあ……信頼できるやつらだからな、祐介と竜二は」

文化祭でバンドを組んで以来、俺はなんとなく、彼らの前で猫をかぶらなくなっていた。

最初は俺の変わりように驚いた様子の二人だったが、特に何も言わず、今では普通に受け入れてくれている。

そういった部分からも、俺は二人を信頼に足る人物だと判断した。

「……ふーん」

「どうした？」

「なんか、僕以外の男子と仲良くしてるの、ちょっと複雑だなーって」

「ははっ、そう言うなって。お前もあいつらとならもっと仲良くなれるさ」

「……そうだね」

前向きに頷いた雪緒と共に、俺は祐介たちの背中を追いかけた。


「だぁー！　分かんねぇ！」

ひとつの問題で数分悩んでいた竜二が、天を仰いだ。

近くのファミレスに移動した俺たちは、各々《おのおの》勉強道具を広げていた。

自分の勉強をしながら、竜二の勉強も見る。難しそうに思えるかもしれないが、三人もいれば、まあなんとかなるものだ。

「今回のテスト範囲、結構広いよね」

「そうだな……実は俺も結構焦ってる」

そう言いながら、祐介は困った顔をした。

確かに、今回のテスト範囲は相当広い。中間テストと違って教科数も多いし、付け焼刃の勉強じゃ、高得点を取ることは難しいだろう。

普段から計画的に勉強している雪緒はともかく、俺程度の学力の人間は、普段以上に努力しないと置いて行かれてしまう。

「「「……」」」

俺たちの視線が、竜二に集まる。

自分が見られていることに気づいた竜二は、絶望の表情を浮かべた。

「お、俺を見捨てないでくれぇ！　お前らだけが頼りなんだよ！」

「……冗談だ。竜二を見捨てやしねぇよ」

まるで命乞いでもするかのように縋《すが》りついてくる竜二を見て、俺は苦笑いを浮かべた。

当然、ここで竜二を見捨てたりなどしない。自分で言った通り、人に教えるのも勉強のうちだ。テスト当日まで、時間はまだ残っている。今からでも真面目に頑張れば、赤点は回避できるだろう。多分。

「今はとにかくがむしゃらにやっていくしかないね。苦手科目からやっちゃおうか。堂本くんは何が苦手？」

「うーん……全部？」

「……強《し》いて言うなら？」

「そ、そんな怖い顔しないでくれよ……！」

雪緒《ゆきお》って、怒ったときほど何故か笑顔なんだよなぁ。

「強いて言うなら……数学だな。記号を使い始めた辺りから、もう何をやってんのか全然分かんねぇ」

「記号ってまさか……XとかYとかのことか？」

「そうそう！」

それって、中学の頃から何も分かってないままってことじゃないか？

どうしたものか。俺たちは高校生に勉強を教えるつもりで来たのだが。

「……そっか、そういうことなら、むしろ燃えてきたよ」

「雪緒……？」

急にどうしたというのか。

何故《なぜ》か雪緒の目に熱き炎が宿っている。

「堂本くん！　君の数学は僕が面倒を見るよ！　一緒に頑張ろう！　目指せ平均点超え！」

「い、稲葉《いなば》……俺にできるかな、平均点超えなんて」

「できるよ！　いや、できるようにしてあげる！」

「稲葉……！」

急にスイッチが入った理由はよく分からないが、ひとまず竜二の数学は雪緒が見てくれるらしい。まあ、雪緒が教えるならなんの問題もないだろう。教え方も上手《うま》いし、いくら竜二でも、さすがに少しは学力が伸びるはず。

「俺たちは俺たちで普通に勉強してようか」

「ああ、そうだな」

雪緒のスパルタ授業を尻目に、俺と柿原は自分の勉強に集中することにした。

店から追い出されないよう、適度に注文を重ねながら、二時間近くが経過した。

マラソンが午前に終わったこともあり、時間はまだまだ残っている。

しかし、残念ながら集中力には限界がある。いくら時間が残っていようが、こればかりはどうしようもない。

「……限界だ」

竜二の頭から湯気が上がっている。

申し訳なさそうにしている竜二だが、こっちはむしろ驚かされていた。

すぐに音を上げると思っていたのに、まさかこんなに長く食らいつくとは。

俺と同じように、雪緒と祐介も驚いている様子だった。

「むしろよくついて来てくれたよ。まだまだ教えたいことは山ほどあるけど、この調子で集中してくれるなら、たぶん平均点くらい取れるんじゃないかな」

「本当か!?　そういうことなら頑張るぜ！　俺！」

そう言いながら、竜二はふんすふんすと鼻を鳴らしている。

その様子に、俺は違和感を覚えた。いくら赤点が嫌だからって、竜二がここまでやる気を出すものだろうか？　前回の中間テストでは、現実逃避して寝てばっかりだったのに。

「……ほのかと同じ大学に行きたいんだよな、竜二は」

「ちょっ……あんまりはっきり言うなって！」

竜二は顔を赤くしながら、祐介を止めようとする。

「ほのかって……野木《のぎ》さんだよね？　堂本くんと野木さんって付き合ってるんだっけ？」

「ま、まあな……」

照れ臭そうに頬をかきながら、竜二はひとつ頷いた。

本人たちは大っぴらには言っていないようだが、俺は色々と巻き込まれたよしみで、二人が付き合いだしたことは聞いていた。

確か、文化祭が終わってすぐの話だった。

「あいつ……ちょっといい大学に行きたがっててさ。今めちゃくちゃ勉強してんだよ」

「へぇ……」

野木のことはよく知らないが、勉強に力を入れている印象は一切なかった。

それがどういう風の吹き回しだろう。

「そんで……俺も同じところ受けたいって思っててさ。来年からじゃ間に合わないかもしれないから、今から始めねぇとって」

「……すごいね、堂本くん」

「別にすごかねぇよ。周りのやつらが普段から頑張ってることに、今更焦って追いつこうとしてるだけだし」

そう告げた竜二《りゅうじ》の言葉に、俺は口を挟む。

「すごいかどうかっていうのは、誰かと比べてどうこうって話じゃねぇよ。俺たちはやる気になったお前を褒めてるんだ。周りのやつらなんて関係ない」

「凛太郎《りんたろう》……」

自分を変えるということが、どれだけ難しいことなのか、俺はよく分かっているつもりだ。はたから見れば、最初からずっと努力を欠かさない人間のほうがすごく見えるかもしれない。確かにそいつだって、十分すごいやつだと思う。だが、以前までの自分を否定し、新しい自分になろうとしている者も、同様にすごいのだ。

「俺たち全員、お前に協力するよ。一緒に頑張ろうぜ」

「お、おう！　お前ら……！　ありがとうな！」

うぉんうぉんと泣きながら頭を下げる竜二を見て、俺たちは苦笑いを浮かべた。

「……話の流れで気になったんだが、祐介《ゆうすけ》はどこの大学に行くつもりなんだ？」

「ああ、まだ具体的には決めてないんだけど……俺も、梓と同じ大学を目指すつもりだよ」

「お熱いねぇ、相変わらず」

「や、やめてくれよ……」

口ではそう言いながらも、その顔はどこからどう見てもデレデレだ。

文化祭で付き合い始めてから、祐介と二階堂《にかいどう》は校内でも有名な熱々カップルになっていた。もはや二人が付き合っていることを知らない者などいないだろう。

ここまで注目されると、さすがに過ごしづらくなっているかと思いきや、二人の雰囲気は付き合い始めた頃から何も変わっていない。元々目立つ二人だったし、注目されることに慣れているのだろうか。

「つーかさ、俺たちの話ばっかりだけど、お前らはどうなんだ？」

俺と雪緒のほうを見ながら、竜二がそんな風に訊《き》いてくる。

「どうって？」

「彼女とかいんの？って話だよ。凛太郎はともかく、稲葉って結構モテるだろ？」

「うーん……」

雪緒がモテるっていうのは否定しないが、俺はともかくという言葉がすごく引っかかる。

別にいいけどな、別に。

「……あんまり恋愛に興味ないんだよね。いい思い出がなくてさ」

「はー、確かに苦労してそうだもんな、お前」

「う、うん、まあ……ね」

竜二がやけにあっさり話を受け入れるものだから、雪緒は呆気《あっけ》に取られていた。

デリカシーのない言い方だが、そういうずけずけとした態度が人を救うこともある。実際雪緒は、竜二に対して安心したような笑顔を見せていた。

「じゃあ凛太郎は？　彼女は置いといて、好きな女子とかいねぇの？」

「なんでお前は俺に彼女がいない前提で話を進めるんだ？」

「え、いんの？」

「……いねぇよ」

俺がそう返すと、竜二は何故かドヤ顔をした。

とんだ辱めだろ、これ。

「好きな女ねぇ……」

俺はもう、玲《れい》への気持ちに気づいている。

好きな女と訊かれたら、迷わずあいつの顔が浮かんでくる。

しかし、それを言葉にするわけにはいかない。いくらこいつらが信用できる連中だとしても、無理なものは無理だ。

「……たとえばなんだが」

俺はそう切り出す。

「俺がそいつと付き合うことで、そいつの人生を壊してしまう可能性があるとして……それでも俺は、そいつのことを好きでいていいと思うか？」

「……急になんの話だ？」

祐介と竜二は首を傾《かし》げているが、雪緒はすぐに真剣な顔つきになった。

俺とミルスタの関係を知っているため、何かピンとくるものがあったようだ。

「付き合っただけで相手の人生を壊すなんてことあるのか？　俺にはそこが分からねぇんだけど」

「……相手が有名人だったら、あり得るかもな。乙咲《おとさき》みたいなアイドルは、彼氏とかご法度だろうし」

祐介の的を射た言葉に、思わず心臓が跳ねる。

竜二と違って、祐介はなかなか察しがいい。

ただ、玲と俺が直接つながっていることには気づいていないようだ。

「うーん……相手が恋愛禁止でも、好きになっちまったら仕方ないんじゃねぇの？　別にあきらめないといけねぇ義務なんてねぇだろ」

「いや、でも……仮に恋が成就したとして、その結果相手の人生が壊れるようなことになったら、お互いすごく苦しい思いをすることになるんじゃないか？」

「だからあきらめんのか？」

「俺は……そういう選択肢もあると思う」

思いがけず、真面目に考え込む時間が始まってしまった。

もう少し気軽な相談のつもりだったのだが――。

「お互い好き同士なら付き合えばいいと思うんだけどなぁ……バレなきゃいいんだろ？　結局」

「そうだけど、それってすごく難しいことだろ？　出かけるのだって一苦労だし、絶対辛《つら》い生活になると思うんだよな……」

「そういうもんかねぇ」

竜二と祐介の意見は、どちらも正しいと思う。

恋愛なんて、所詮は感情論。特に俺たちのような学生には、恋愛するのに理屈なんて必要ない。

しかし、相手がすでに社会に出ているとしたら、ましてやそれが有名人だとしたら、話は複雑になってくる。

竜二はその辺りに重点を置いていないようだが、祐介は現実的な方向へ考えているようだった。

「……僕は、その人のことを好きでいることは、悪いことじゃないと思う」

雪緒《ゆきお》がそう言い切ると、場はしんと静まり返った。

「何かをあきらめないといけない理由なんて、ひとつもないんだよ。色々模索しながら、その人と結ばれる道を探したほうがいいと思うな」

雪緒の真《ま》っ直《す》ぐな視線が、俺を捉える。

その視線はまるで、情けないことを言うなと俺を叱咤《しった》しているようだった。

「おお、いいこと言うな、稲葉《いなば》」

「そう?」

「俺もあきらめるなってことには賛成だぜ！　悔しいじゃんか！　フラれたわけじゃねぇのにあきらめるなんて」

竜二が俺の肩をバシバシと叩《たた》く。

少し痛いが、俺を励まそうとしているのはよく伝わった。

「……難しい話だけど、あきらめるかあきらめないかで言ったら、俺もあきらめないほうがいいと思う。竜二の言う通り、何もしないままあきらめるのは、なんか悔しいだろ?」

「ああ……そうかもな」

こいつらは、具体性の欠片《かけら》もない俺の相談に、親身になってくれた。

これで何かが解決するわけじゃない。でも、相談してよかった。

「で、誰なんだ?　凛太郎の好きな女って」

「ひみつだよ、ひみつ」

「ずりぃぞおい！」

じゃれてくる竜二を適当にあしらいながら、俺たちは真面目な雰囲気を吹き飛ばすように笑った。

◇◆◇

「そんじゃあな！」

「また学校で」

ファミレスの前で、俺たちと祐介たちは別れることになった。

あれからなんやかんや勉強に集中し、テスト対策を進めることができた。

ふざけるときはふざける。集中するときは集中する。そういったメリハリを守れるやつらと一緒にいるのは、とても気が楽だ。

「じゃあ帰るか」

「うん」

雪緒と共に帰路につく。

夕暮れの中を、俺と雪緒はゆっくり歩いた。

「ねぇ、凛太郎」

「ん？」

「乙咲さんのこと、本気なの？」

やっぱり気になるよな、そりゃ。

俺は少し間を置いてから、口を開いた。

「ああ、まあな。今すぐことを動かすつもりはねぇけど」

「あ、そうなの？　よかったぁ……てっきり近いうちに告白するんじゃないかって思ってたよ」

「んなわけあるか。……あいつがアイドルである限り、たとえ向こうから告白されたとしても、恋人になるつもりはねぇよ」

「……徹底してるね」

アイドルは、ファンがいてこそ。

俺はあいつに、ファンを裏切ってほしくないのだ。

「まあ、悩んでるっていうのは本当だ」

「あ、そうなの？」

「正直……玲には、アイドルを続けてほしいんだ」

色々な経験を積んだ上で、俺が導き出した本心だった。

アイドルは、乙咲玲にとっての天職だ。彼女のスター性は、あのミアとカノンがセンターを譲るほどの輝きを見せている。トップアイドルが一歩身を引くほどのアイドルなんて、そうは現れない。

玲は、人を導く光だ。その輝きを独り占めするなんて、あまりにも恐れ多い。

「あいつがずっとアイドルでいたほうが、みんな嬉《うれ》しいだろ」

「……でも、好きなんでしょ？」

「――――まあな」

そう、厄介なのはそこだ。

玲の特別になりたいという気持ちと、アイドルでいてほしいという気持ちは、両立できないもの。

いつかは、どちらかに振り切らなければならない。それはちゃんと分かっている。

だからこそ、こんなに悩んでいるのだ。

「玲がどう思っているのか……それも分かってねぇしな」

アイドルを辞める気なのか、それとも続ける気なのか、あいつの答えはまだ分からない。

しかし、俺の欲望のせいで、彼女が将来を曲げるようなことだけは避けなければならない。

「いつかは引退しないといけないのかもしれないけど、初武道館を最後に引退っていうのは、ちょっと早すぎるかもね……売れ始めてから、まだ二年くらいしか経《た》ってないし、ファンのみんなも、これからの活躍に期待してると思う」

「ああ、同感だ」

そう、ファンはまだまだ玲の活躍を求めている。

きっと、玲がアイドルを辞めると言い出したら、多くの人が止めるだろう。

ああ……くそ。結局答えなんて出やしない。

「……まあ、最後は全部本人の意思次第だと思うよ。乙咲さんが冷静に下した判断なら、みんなで尊重しないとね」

「そうだな。相変わらず、お前の言葉は的を射てるな」

「そう？」

きょとんとしながら、雪緒は首を傾げる。

雪緒に相談すると、頭がすっきりする。今回ばかりはすぐに問題が解決するわけではないけれど、もう少し様子を見ないと、まだなんとも言えない状況ということが改めてよく分かった。

今はひとまず、俺にできることを全力でやろう。

あとのことを考えるのは、やるべきことが終わってからだ。

これは自慢なのだが、俺の実家はめちゃくちゃ広い。

何十畳もあるリビングに、たくさんの居室。そのほとんどが物置と化しているのはご愛《あい》嬌《きょう》として、俺とあいつらが暮らしていく分には、持て余すほどの広さがある。

親父《おやじ》には自由に使っていいと言われているため、遠慮なく魔改造を施した。

まず広すぎるリビングの一部を改造し、鏡を並べ、簡易的なダンススタジオを作り上げた。スタジオなら事務所が用意したプライベートスタジオを使えばいいのだが、たとえば家に帰ってきてから急に振り付けを見直したくなったり、ふと体を動かしたくなるときだってあるだろう。そういうときのために、いつでも踊れる場所を作ったわけだ。

この家を提供している者の特権として、俺はミルフィーユスターズのパフォーマンスを間近で観《み》ることができる。

今日も絶賛、その特権を堪能しているところだ。

「タンタンタン、はいっ！」

カノンの掛け声に合わせて、三人が一斉にターンを決める。

その揃《そろ》いっぷりに、俺は思わず拍手を送った。

「ふー……なんとか揃うようになったわね、最後のターンのとこ」

「ん。これなら満足」

「そうね。あとは、千回連続でやってもミスしないくらい体にしみ込ませるだけよ」

三人とも、いつになく真剣な顔つきだ。

それもそのはず。今月は、ミルスタのクリスマスライブが控えている。

今練習していたダンスは、そのライブで披露する新曲の振り付けだ。

こうして力が入るのも当然である。

「ごめんね、凛太郎《りんたろう》君。もうしばらくドタバタしちゃうんだけど、大丈夫かな」

「俺のことは気にすんな。何か飲み物でも用意するか？」

「いいのかい？　それならコーヒーがほしいな。そろそろ集中力が切れてくる頃合いだからさ」

「分かった。玲《れい》とカノンはどうする？」

俺が声をかけると、話し込んでいた二人がこちらに視線を向ける。

「コーヒーほしい」

「あたしも！　ミルク多めの砂糖少なめで！」

「はいはい、すぐに用意するよ」

そう告げてから、俺はキッチンへ向かった。

玲はミルクと砂糖。カノンはミルク多め、砂糖少なめ。ミアはブラック。あいつらの好みは、完璧に覚えている。それぞれいつもの分量通りに淹《い》れたコーヒーを持って、俺はリビングへと戻った。

「なんだかんだ言ってたら、もうすぐ今年も終わるわね」

コーヒー休憩中に、カノンがそんなことを言い出した。

確かに、もうボチボチ年末である。

「あっという間だったね、今年は」

「あら、去年も同じこと言ってたわよ？」

「おや……そうだったかな？」

ミアが首を傾《かし》げている。

こいつらがアイドルになってから、忙しくなかった年なんてなかったはず。一年が短く感じるのも、無理もない話だ。

「今年は、凛太郎がいてくれて本当に助かった。おかげで体調を崩すこともなかった」

「そいつは嬉しいけど、その口ぶりだと、去年はだいぶしんどかったのか？」

「しんどかった。私は何度か行き倒れそうになった」

「そんなまさか……」

冗談だと思って笑い飛ばそうとすると、カノンとミアがまったく笑っていないことに気づいた。

「え、マジ?」

「マジよ。この子、あんたと知り合うまで、倒れる限界まで練習しちゃうような子だったんだから」

「おいおい……」

しかし、思い返せば玲とこういう関係になったきっかけも、行き倒れだった気がする。

「まあ、ボクらも人のこと言えないっていうか……そんなレイに気づけないくらいには、去年まで切羽詰まってたしね」

「忙しすぎたのよ。今年もスケジュールは同じくらいギチギチだったけど、りんたろーがいてくれたからね」

カノンがそう言うと、全員の視線が俺に集まる。

俺がいたおかげと言われるのは嬉しいが、俺が参加しただけでそんなに環境が変わるものだろうか?　なんだかむず痒《がゆ》い。

「帰ったら凛太郎がいるって考えたら、私も冷静になれた。冷静になったら、自分の限界にも気づけるようになった。今はもう行き倒れたりしない」

「……そうか、冷静なのはいいことだな」

むんっと力こぶを見せつけてくる玲に、俺は苦笑いを浮かべた。

確かに、自分がどこまで頑張ったら行き倒れるかなんて、知る由もない。普通、限界が来る前に努力をやめるからだ。きっとこいつら――特に玲は、そういうリミッターが壊れてるんだろうな。

努力家と言えば聞こえはいいが、限界を超えて頑張りすぎるのは、褒められた行為ではない。俺がいることによってその悪い癖が直ったのであれば、心の底からよかったと思う。

「そういえば、ちょっとボクからひとつ提案があるんだけど」

ミアが俺たちの注目を集め、口を開く。

「二十四日のクリスライブのあと、ボクらは年末の生放送番組までオフだろう？」

「そうね……」

「せっかくの休みだし、クリスマス当日はボクらでパーティーをしないかい？」

「おー！　いいわね、それ！」

カノンは目を輝かせながら、前のめりになる。

クリスマスパーティーか。去年は優月《ゆづき》先生のところで、パーティーという名の修羅場を過ごして終わったっけ。そういえば、今年は優月先生からのＳＯＳが少なかったな。

「つきましては、ボクらの公認サポーターである凛太郎君に、当日の料理をお任せしたいんだけど……」

「そう言われるのは分かってたよ……仕方ねぇな」

「あはは、いつもありがとね」

せっかく四人で過ごすクリスマスだ。いつも以上に腕によりをかけて、料理を作ることにしよう。ちょうど冬休みで、時間はたくさんあるしな。

「つーか、ライブ翌日で大丈夫なのか？　お前ら。クリスマス当日にこだわらなくても、もう一日空けたっていいんじゃねぇの？」

「やだ、すぐがいい」

「おいおい、そんな子供みたいな……」

即座に言葉を返してきた玲に、俺はつい笑ってしまう。

「レイの言う通り、クリスマスライブから日を空けちゃったら、クリスマス気分が薄れるかもしれないじゃない。やるなら絶対二十五日よ！」

「ボクらの疲労のことなら大丈夫。次の日昼まで寝れば、大抵の疲れはなんとかなるさ」

全員が納得してるなら、気にしなくていいか。

せっかくなら二十五日にしたいという気持ちは、俺も同じだ。

「よし、じゃあ何が食べたい？　リクエストは受け付けるぞ」

「あたしローストビーフ！」

「ローストビーフか」

あんまり作ったことがない料理だが、練習するにはいい機会だな。

「ボクはチキンが食べたいかな。やっぱりクリスマスと言えばチキンだし」

「ん、私もチキン食べたい」

「あとは……なんだろうね。シチューとか？」

「シチュー食べたい。チャーハンにラーメンも」

「……レイ？　今食べたいものを片っ端から言ってるだけだよね、それ」

　俺はクリスマスらしさのあるチキンとシチューだけをメモに追加する。

　チャーハンとラーメンはまた今度作ってやろう。

「ローストビーフに、チキンとシチュー……このラインナップなら、パンが欲しいよな。あとはなんだ？　ケーキとか？」

「「「ケーキ！」」」

「うおっ!?」

　一斉に身を乗り出してきた三人に対し、俺は思わず後ろに仰《の》け反ってしまった。まさかケーキという言葉にここまで反応されるとは。

「何ケーキがいいかしら！　やっぱりショートケーキ!?」

「いや、チョコケーキも捨てがたいんじゃない？」

「タルトも捨てがたい」

三人はやいのやいのと意見を出し合う。

できることなら全部作ってやりたいが、さすがに食べ切れないだろう。

結局三人にじゃんけんしてもらい、勝ち残ったミアの権限によって、チョコケーキを作ることに決まった。

「料理は凛太郎君に任せるとして……飲みものとかは、いつも通りボクらで用意しようか」

「この前番組で紹介してたジュース、美味《おい》しそうだった。今からなら取り寄せられるかも」

「じゃあレイにはそれを任せようかな。……ボクらはどうしよう」

ミアがカノンのほうを見る。

「うーん……ちょっといいつまみでも用意する？」

「誤解を招く言い方だね、それ」

「なっ……！　小鉢的な意味で言っただけよ！」

びっくりした。酒でも飲むのかと思った。

念のため言っておくが、未成年の飲酒は犯罪です。

「カノンって、疲れ切ったＯＬの役とか似合いそうだよな」

頭の中に、スーツ姿のままビールを飲み干すカノンの姿が浮かんでくる。あまりにも自然にイメージできたものだから、すでにそういうＣＭをどこかで見たのかと思った。

「りんたろー!?　それどういう意味よ!?　まだこっちはぴちぴちの女子高生よ!?」

「そういうとこだよ……」

普通の女子高生は、ぴちぴちなんて言葉使わねぇんだよ。

「小鉢を用意するっていうのはありだね。取り寄せられるもので何か探しておこうか」

「はぁ……そうね」

ひとまず、これで役割分担は済んだ。

ローストビーフに、チキンとシチュー……それとチョコレートケーキか。シチューは何度も作っている。せっかくクリスマスなのだから、何か工夫をこらしたいところだ。

ケーキの練習はしておきたいが、食べてくれる人を探さなければならない。こいつらに食べてもらうという手もあるが、できれば本番までリアクションを取っておきたい。

となると、練習で作ったものは、優月先生のところに差し入れとして持っていくのがベストか。いつでも糖分を欲してる人たちだし、きっと喜んでもらえるだろう。

「────あ」

そうしてずっと料理の話をしていたせいか、突然玲の腹の虫が鳴いた。

ダンスの練習で、夕飯で摂《と》ったカロリーを使い果たしてしまったようだ。

「お腹空《なかす》いちゃった」

「なんか食うか？」

「甘いものが食べたい」

「甘いものか……ホットケーキとかどうだ？」

「ん、ホットケーキがいい」

このあとも練習するなら、ここでカロリーを摂っておく必要があるだろう。

「お前らも食べるか？　まとめて焼いちまうけど」

「……ちょっと遅い時間だけど、せっかくだからもらっちゃおうかな」

「そうね……今からめちゃくちゃ動けばチャラよね」

「オーケー、三人分だな」

俺は再びキッチンへ向かう。

しかし、ここでとんでもない事実に気づいてしまった。

「あー……そうだ、牛乳切れかけだったんだ」

ホットケーキに必要な牛乳が、もうほとんど残っていない。

うちのホットケーキは、三人からの要望で牛乳とプロテインを入れる。

牛乳の代わりに水でも作れるが、いつも通りに作れないのは、なんだかモヤモヤする。

「悪い、ちょっと牛乳買ってくるわ」

そう言い残し、俺はリビングをあとにした。

◇◆◇

凛太郎《りんたろう》がいなくなったあとのリビング。

残されたミルフィーユスターズの三人は、顔を見合わせた。

「よし……とりあえずパーティーをするってところまでは漕《こ》ぎ着けたわね」

「凛太郎君に予定がなくてよかったね」

クリスマスパーティーの提案は、すでにミルスタの三人の中ではすり合わせが済んでいた。

彼女たちには、パーティーに対する秘密の思惑があった。

「凛太郎へのプレゼント……どうする？」

レイが二人に問いかける。

そう、彼女たちは、凛太郎に対してクリスマスプレゼントを渡そうとしていた。三人から日頃の感謝を込めて——というか、抜け駆けを防止するために、あくまでミルフィーユスターズの三人からという体《てい》で、凛太郎にプレゼントを用意する計画だったのだ。

「うーん……どうしようか。できれば彼が欲しがっているものをあげたいんだけど」

「……ふっふっふ、りんたろーが欲しがっているもの？　それなら、このあたしが教えてあげるわ！」

ドヤ顔をするカノンに、二人の冷ややかな視線が送られる。

「何よ、その目」

「どうして、カノンが凛太郎のほしがっているものを知ってるの？」

「こ、この前のデートで知ったのよ！」

「……デート」

レイの背中から、嫉妬の炎が立ち上る。

カノンが凛太郎との一日デート券を使用したことは、レイも知っていた。それについては、ひとつの勝負の結果として認識しているため、レイも文句を言うつもりはない。しかし、改めて言われると、モヤモヤしてしまうのは仕方のないことだった。

「きょ、共有してあげただけでも、ありがたく思ってよね!?」

「それで、凛太郎君の欲しがってるものって何かな？」

「あんたら……りんたろーのことになると、露骨にトーンが下がるわね……」

視線だけで射殺そうとしてくる二人に、カノンは恐怖を覚えた。

「りんたろーが欲しがっているのは、ぎゅうとう？っていう包丁よ」

「牛刀？　確か万能包丁のことだよね」

「自分の口でそう言ってたから、間違いないと思うわ。たまたま入った包丁屋で、物欲しそうに見てたもの」

「包丁か……いいんじゃない？　凛太郎君が欲しがってるって裏付けは取れてるし」

ミアの言葉に、レイも頷《うなず》く。

クリスマスプレゼントとしては少々ロマンチックさが足りないかもしれないが、凜太郎がそういったものに興味を示さないということを、三人はすでに知っている。彼が何よりも喜ぶのは、実用的なものである。

「でも、包丁だけじゃさすがに味気ない気がする」

「そうだね……エプロンとかどうかな？　この前ほつれてきたって言ってなかったっけ」

「言ってたけど、自分で直してた」

「裁縫もできるんだね……」

呆《あき》れた声で、ミアはそう言った。

凜太郎は、専業主夫を目指す中で、家庭的なことはひと通りできるように練習している。裁縫もそのひとつ。ほつれを直すことも、取れてしまったボタンをつけ直すことも、彼にとっては朝飯前である。

「でもそれって、ほつれが目立つくらい古いエプロンってことでしょ？　新しいエプロンは、普通に喜んでもらえるんじゃない？」

「……そうかも」

「いいじゃない、包丁とエプロン。絶対喜ぶわよ、あいつ」

三人は顔を見合わせ、ひとつ頷いた。

何を隠そう、ここにいる三人は、これまで自分の父以外の異性にプレゼントを贈ったことがない。まだクリスマスまではずいぶん時間があるというのに、彼女たちの心はドキドキと高鳴っていた。不安もあるが、やはり大部分は、凛太郎が喜ぶことへの期待が大きい。

「楽しくクリスマスを過ごすためにも、クリスマスライブ、絶対に成功させるわよ」

「もちろん」

「ん……いつも通り、全力を出す」

三人は各々《おのおの》目を合わせ、共に頷いた。

第四章 ★ 体調不良

「……くしゅんっ！　あー……さむっ」

腕をさすりながら、俺はいそいそと校舎に入った。

暑いか寒いかで言ったら、暑いほうが苦手と即答する俺だが、別に寒さに強いというわけではない。

寒さだけならまだしも、特に辛《つら》いのが、寒暖差というやつだ。

あまりにもひどいと、体調を崩してしまう。それを避けるためには、ゆっくり風呂にでも入って、体を休めるしかない。

「おはよー、凛太郎」

「おー、雪緒《ゆきお》」

「……大丈夫？　なんか鼻声だけど」

「ん、問題ねぇよ」

「この時期になると、毎年体調崩してるよね、凛太郎」

「ああ、気を付けねぇとな……」

俺は大きなため息をつく。

体調を崩すのは避けられないとしても、できれば早めに崩したい。二十四日にはミルスタのクリスマスライブがあるし、次の日はクリスマスパーティーだ。そのときに治っていてくれさえすれば、問題ない。

いや、できれば崩したくないが。

「とりあえず、今日は期末テスト最終日だし、最後まで頑張ろうね」

「おう、そうだな」

そう、今日は四日間にわたって行われる期末テストの最終日。

今のところ、感触は悪くない。連日遅くまで勉強した甲斐《かい》があったというものだ。このまま何もなければ、全体的に好成績で終えられるだろう。

――――何もなければ。

◇◆◇

「それでは、ペンを置いてください」

最後のテストが終わると同時に、俺は机に突っ伏した。

ああ、これは駄目なやつだ。全身を包む倦怠感《けんたいかん》と、嫌な寒気。自分が発熱していることが、熱を測らずとも分かる。視界も若干ぼんやりしているような気がする。まだ意識があるだけマシだが、今すぐ横になって眠ってしまいたいというのが本音だった。

「お疲れ、凛太郎。……凛太郎？」

「ああ……お疲れ」

「ちょっと、顔真っ青だよ!?」

雪緒が声を上げる。

「はー！　終わったぜ！　この解放感たまんねぇよな！　みんなで打ち上げにでも……って、どうした？　お前ら」

「なんかあったのか？」

俺たちのもとに、竜二《りゅうじ》と祐介《ゆうすけ》がやってくる。

二人に挨拶しようと思った俺は、なんとか体を起こした。

「お、おい！　どうしたんだ凛太郎!?」

「顔色とんでもねぇぞ!?」

そんなにひどい顔なのだろうか？

まあ、そんな顔色でも仕方ないくらいの気分の悪さは感じているが。

「すぐに帰ったほうがいいよ、凛太郎」

「俺たち、送っていこうか？　帰るのもしんどいんじゃないか？」

その提案に対し、俺は首を横に振った。

もしこの体調不良が、季節の変わり目によるものではなく、インフルエンザのような感染症だったとしたら、三人に迷惑をかけてしまう。しんどくても、家に帰ることができると思えば、まだ体も動く。ここはひとりで帰ることが吉だと判断した。

「大丈夫だ……インフルかもしれないし、ひとりで帰るよ」

「……そうか」

三人が心配そうな目で俺を見ている。

いつまでも俺に気を遣わせてしまうのも申し訳ない。テストも終わり、もう下校してもいいはずだ。俺はすぐに荷物をまとめ、席を立った。

「回復したら、また連絡するわ……それじゃ」

「うん、お大事にね」

「おう、ありがとな」

そうして俺は、教室をあとにした。


――結論から言って、俺の体調不良は季節の変わり目からくるものだった。

ひとまずインフルエンザじゃなくてよかった。感染《うつ》るものでもないため、これなら玲《れい》たちに迷惑をかけずに済む。

「……三十八度五分か」

体温計を見て、今日何度目か分からないため息をつく。

これまでの傾向だと、大体発熱してから二、三日は高熱が続く。学校は、最低でも四日は休んだほうがいいだろう。

「俺のことより……あいつらの飯どうしよう」

とても家事ができる体調ではない。

医者からも安静にしろと言われてしまったし、変に動き回って悪化でもしたら、なおさらあいつらに迷惑をかけてしまう。それだけは避けなければならない。

「……連絡だけしておくか」

あいつらが仕事から帰ってくる前に、俺は四人のグループチャットで体調不良のことを連絡した。夕飯を作れそうにないから、外で済ますかデリバリーしてくれ、という頼みも添えておく。

すぐに既読がつかない。まだ仕事中だからだろう。俺はスマホを枕元に置いて、目を閉じた。布団にくるまっているのに、寒気が治まらない。解熱剤は飲んだから、効くのを待つしかない。

「……」

誰もいない家の中で、じっと眠りに落ちるのを待つ。

時たま、外を通る車の音や、子供が楽しげにはしゃぐ声が聞こえてくる。

――ああ、懐かしいな。

この部屋は、俺が一人暮らしを始めるまで使っていた部屋だ。

ずっと、こうしてひとりで耐えていた。母親は出て行っちまったし、親父《おやじ》に連絡しても、仕事の邪魔になるだけ。だからこうして、熱が下がるのをじっと待っていた。

熱が出ると、どうしてこうも不安な気持ちになるのだろう。

まるで自分がこのまま消えてなくなってしまうような、そんな不安が精神を蝕《むしば》んでくる。眠ってしまったら、二度と目覚めないのではないか。不安が不安を呼び、なかなか寝つけない。

――情けねぇな。

色々と吹っ切れたと思いきや、体調を崩した途端にすぐこれだ。

安静にしていれば、数日で回復することは自分が一番よく分かっている。それでもこんなに不安な気持ちになるのだから、体調不良とは厄介なものだ。

俺はあいつらに頼られている。以前の俺なら「そんなわけない」と卑下するところだったが、今は堂々と言い切れる。あいつらが俺を信頼してくれているように、俺もあいつらを信頼しているから。

しかし、それを理解しているからこそ、こうして動けないままでいることに申し訳なさを感じてしまう。

「熱が下がったら……あいつらにうんと美味《うま》いものを作らねぇと……」

言い聞かせるようにつぶやいてから、しばらく目を閉じていると、いつの間にか俺の意識は深い眠りに落ちていた。

◇◆◇

「凛太郎《りんたろう》、大丈夫かな」

番組から用意された楽屋で、ぽつりとレイがつぶやく。

彼女が握りしめているスマホには、凛太郎からのメッセージが表示されている。

「心配だね。疲れてるときはあったけど、体調を崩すのは初めてだし」

「そうね……最近急に寒くなったし、無理もないけど」

ミアとカノンの顔にも、心配の色が見てとれる。

三人にとって、志藤《しどう》凛太郎はとても大きな存在だ。彼が床《とこ》に臥《ふ》しているというだけで、彼女たちはまるで支えを失ったかのような不安を覚えている。

しかし、一番苦しい思いをしているのは凛太郎であると、彼女たちは理解していた。

「ゼリーとか、食べられそうなもの買っていってあげようか」

「スポーツドリンクもあったほうがいいわよね」

「汗拭きシートも必要かも」

――汗拭きシート？

ミアとカノンの視線が、レイに集まる。

「……そうだね。今頃汗だくなんじゃないかな、凜太郎君」

「そ、そうね。ちゃんと拭いてあげないと、寝苦しくなるわよね」

「きっと動くのも辛い。だから誰かが拭いてあげたほうがいいと思う」

「「「……」」」

途端、楽屋に沈黙が訪れる。

その沈黙は、スタッフが楽屋の扉をノックするまで続いた。

◇◆◇

――凜太郎？

誰かに名前を呼ばれた気がして、俺は目を開ける。

眠りについてから、どれだけの時間が経《た》ったのだろう。

体は汗でじっとりと濡《ぬ》れている。しかし、そのおかげか少しだけ楽になっているような気がした。

「うっ……」

「あ、起きないでいいよ」

「玲……？」

「今帰ってきた。ただいま」

「ああ……おかえり」

起き上がろうとした俺の体を、玲は再びベッドに寝かせた。

心配そうにこちらを見つめる玲を見て、俺はひどく安心した。

「ごめん、起こしちゃった？」

「いいよ……大丈夫。それより、飯はどうした？　外で食ってきたか？」

「お弁当を買ってきた。ご飯のことは心配しないで？」

「そうか……悪い、作れなくて」

謝ると同時に、きゅっと心臓が締めつけられるような感覚を覚えた。

情けなさと罪悪感で、涙が滲《にじ》みそうになる。

「……大丈夫だよ、凜太郎。そんな日だってある」

「玲……」

「辛《つら》いときは休んでほしい。こういうときは頑張らないでいてくれたほうが、私たちも安心」

「……そうか」

――今は頑張らなくてもいいのか。

そう思った途端、気持ちがスッと軽くなった。

そうか、俺はずっと、玲たちを失望させるのが怖かったんだ。

「明日から、毎日交代で凛太郎の看病をする。必ず誰かが家にいる状態にするから、凛太郎は安心して休んでて」

「わ――ありがとう」

〝悪い〟と言おうとして、俺は言葉を変えた。

玲が欲しがっている言葉は、謝罪ではない。

この状況、俺が玲の立場なら、そう思うはずだから。

「ん、今はまたゆっくり休んでほしい。たまに覗《のぞ》きに来るけど、何かあったらすぐに言ってね」

そう言いながら、玲は俺の枕元にスポーツ飲料を置く。

「分かった……二人にも礼を伝えておいてくれ」

「了解。それじゃ、またあとでね」

玲が部屋を去っていく。

体調が悪いとき、自分以外の人が家の中にいてくれるのは、こんなにも安心するのか。

その安心感のおかげか、すぐに眠気が襲ってきた。

――今は、あいつらがいてくれる。

そうして俺は、再び眠りについた。

◇◆◇

「寝た?」

「多分」

「そ。……しばらくは様子見ね」

レイがリビングに戻ると、そこには神妙な面持ちの二人がいた。

彼女たちが座っていたソファーに、レイも腰かける。

「さて、色々と問題が出てきたね」

そう言いながら、ミアは弁当どころか、何も置かれていないテーブルを眺めた。

彼女たちは、弁当など買っていない。

レイが凛太郎に対して嘘《うそ》をついたのは、彼を心配させないためだった。

「……まさか、二人ともお弁当を買わずに帰ってくると思わなかった」

「それはあんたもでしょうが……今更、市販のものを食べたくなかった。それだけの話よ」

「右に同じだね。一応お店には寄ったけど、ボクも何も買う気が起きなかった」

普段から凛太郎の温かい料理を食べているうちに、三人はそれ以外の食事に対する関心を失っていた。高級料理など、家ではなかなか食べられないものとなると少し話は変わってくるが、元々彼女たちは、そんなものにほとんど興味はない。

三人が求めているのは、自分たちのためを想《おも》って作られた、凛太郎の料理なのだ。

食事を摂《と》らなければならないことは、重々分かっている。しかし、どうしても食欲がそそられない——そんな状況。凛太郎がいないというだけでまともな生活が送れなくなっているということに、三人は改めて気づかされた。

「……確か、焼きそばが残ってたわよね」

「まさか、カノンが作るのかい？」

「不満かもしれないけど、何か食べないとダメでしょ？　どっかで買ってくるくらいなら、あたしが作ったほうがまだよくない？」

「……そうだね。カノンが作ってくれたものなら、ボクも食べたいよ」

「レイもそれでいいわね？」

そう問われたレイは、ひとつ頷《うなず》いてみせた。

「じゃあさっさと作るわ。テーブルの上だけ片づけておいて」

カノンに指示された二人は、いそいそとテーブルの上を片付け始めた。


「はい、召し上がれ」

そう言いながら、カノンは大皿にこれでもかと盛られた焼きそばをテーブルの上に置いた。具はキャベツ、豚肉、もやし、たまねぎ。ソースのいい香りがリビングに漂い、三人の腹の虫を刺激した。

「美味《おい》しそう」

「変なことはしてないから、まずくはないはずよ。早く食べましょ」

取り皿によそって、三人は焼きそばを食べ始める。

ソースの風味と香ばしさが鼻を抜け、三人は一心不乱に箸を進めた。

――しかし、しばらくすると、その箸がぴたりと止まる。

「……物足りないわね、なんか」

レイとミアは、作った本人であるカノンに気を遣って、何も言わずにいた。

ただ、カノンに同意を求められると、素直に頷いてみせた。

「なんでだろう。味は美味しいのに、物足りなく感じる」

「そうだね……飽きがきてしまうというか、なんというか」

三人とも、神妙な面持ちで目の前の焼きそばの山を見つめる。

まずいわけではない。それだけは間違いない。しかし、凛太郎が作るものとは、明らかに違っていた。

「……そういえば、前にあいつが焼きそば作ったとき、別でソースを作ってたわね」

カノンの実家で、凛太郎は一度焼きそばを作ったことがある。

そのときに、彼は麺に付属していた粉ではなく、オイスターソースやウスターソースでオリジナルのソースを作っていた。元となる味は変わらないが、複数のソースを使うことで、味に深みが生まれていたのだ。

「一見簡単に作れそうな料理でも、彼なりの工夫が詰まってるってことなんだね」

「恐れ入ったわ。まさかこんなに違うなんて」

カノンは盛大にため息をつく。

しばらくの間、三人はただ黙々と焼きそばを食べ続けた。

やがて三人は焼きそばをぺろりと完食し、ミアとレイの手で洗いものを済ませた。

そうして一段落ついたあと、再びソファーに腰かけた三人は、これからどうしたものかと考えを巡らせる。

「明日はボクだけが家にいられるんだよね」

「ええ、あたしとレイは仕事が入っちゃってるからね……」

「ちゃんとスケジュールを確認しておこうか」

ミアがメモを取り始める。

「まず、明日はボク。その次の日は、カノンだけ仕事が休みなんだよね？」

「そうよ」

「明々後日《しあさって》は、レイだけが空いてる……と。合ってるかな？」

ミアがそう訊《き》くと、レイは頷く。

「仕事が完全に被《かぶ》らなかったおかげで、必ず誰かが凛太郎《りんたろう》君のそばにいられるのはよかったけど……なんか、都合いい感じになったね」

三人が三人とも理解している。

このシチュエーションは、凛太郎へのアピールチャンスであるということを。

「あんたら、あたしがいない間にりんたろーの体調が悪化するようなことしたら、許さないからね」

「こっちのセリフ。凛太郎に無茶だけはさせないで」

「当然だよ。大前提として、ボクらがやらなければならないのは、彼の看病だ。体調不良の弱みにつけ込むような真似《まね》は、看過できないよ？」

三人の視線がぶつかり合い、火花が散る。

こうして、今をときめくアイドルたちによる、熾烈《しれつ》な看病バトルが幕を開けた。

第五章 看病

「ん……」

目を覚ますと、カーテンの隙間から日差しが入り込んでいるのが見えた。

どうやら一晩中寝てしまったらしい。

――――体おもっ……。

上体を起こした俺は、自身を包む倦怠感《けんたいかん》が強くなっていることを自覚した。

しかし、熱による辛さは減っている気がする。

熱を測ってみると、三十七度六分。昨日よりは下がっているが、依然として熱はあるようだ。

「まあ……回復に向かってるってことで」

昨日は最悪だったが、今は少しマシだ。

楽なうちに、少しでも動くべきだろう。せめてこの寝汗だけでも拭いてしまいたい。寝巻も替えなければ不衛生だし、このままでは寝つきが悪い。

「凛太郎君?」

「ん……？」

扉の向こうから、ミアの声がした。

「失礼、入るよ」

そんな声と共に、ミアが部屋の中に入ってくる。

私服姿の彼女は、俺を見てホッと胸を撫《な》で下ろした。

「あ、よかった。起き上がれるくらいには回復したんだね」

「ああ、おかげさまでな」

「熱は？」

「……」

一瞬、嘘をつくかどうか悩んだ。

この体調だったら、無理やり動こうと思えば動ける。

やるべきことは山積みだ。できるだけ済ませておかないと、ミアたちに迷惑がかかる。

しかし――――。

「……三十七度六分だ。ちょっとまだしんどいな」

俺は正しい数字をミアに伝えた。

辛《つら》いときは頑張るなと、玲《れい》に言われたばかりだ。俺のやるべきことは家事ではなく、三人を信頼して、体を休めることである。

「そっか。夜にはまた少し上がっちゃうと思うから、今日はとにかく安静にしてね」

「ああ、そうさせてもらう」

「何かほしいものはあるかな？　今日はボクがずっと君のそばにいるから、頼みたいことがあったら遠慮なく言ってね」

「助かるよ。でも、お前は大丈夫なのか？　疲れてたりしないか？」

「……こんなときまでボクの心配だなんて、君は本当に優しいね」

呆《あき》れたようなミアの笑みを見て、不意に心臓が跳ねた。

「あ、飲み物なくなってるね。とりあえず持ってくるよ」

「ありがとう」

俺は再びベッドに横たわり、部屋を出ていくミアを見送った。

◇◆◇

凛太郎君の部屋を出たボクは、恍惚《こうこつ》としながら息を漏らした。

何を隠そう、ボクは興奮していた。普段の彼と、弱っているときの彼。そこにあるギャップが、ボクを惑わせる。

憎まれ口を叩《たた》く彼も面白くて好きだけど、ボクを頼るしかなくて素直になっちゃう彼は、得も言われぬ可愛《かわい》らしさがある。

動画にでも撮って残しておきたい気持ちはあるけれど、さすがに凛太郎君に失礼だ。許可なく撮るような真似はナンセンス。それでは盗撮と変わらない。

「いけないいけない。まずはやるべきことをやらないとね」

ボクは冷蔵庫のスポーツ飲料を取って、凛太郎君の部屋に戻る。

「凛太郎君、入るよ？」

「ああ……」

部屋の主《あるじ》の許可を取ってから、扉を開ける。

ボクが入ってきたのに合わせて、凛太郎君は体を起こそうとした。気怠《けだる》そうな彼が起き上がるのを手助けしたあと、キャップを外したスポーツ飲料を手渡した。

「ありがとう、助かった」

「お安い御用さ」

コクコクと喉を鳴らしながらスポーツ飲料を飲む彼の姿は、まるで小さい子供のようだった。庇護《ひご》欲《よく》がガシガシと掻《か》き立てられる。この人を独り占めしたいんだけど、いい方法はないかな。

「ふう……」

「だいぶ汗かいたみたいだね。着替える？」

「ああ、そうしようかな」

「じゃあ先に体拭いちゃおうか」

「おお……って、何してるんだ？」

おっと、早まったかな。

ボクが凛太郎君の服の前ボタンを外そうとすると、訝《いぶか》しげな視線を向けられてしまった。

さらっと服を脱がせる作戦は失敗である。

「凛太郎君は何もしなくていいよ。ボクが全部やってあげる」

「え？　あ、おい……」

さらっと脱がせるのは失敗。となると、次は強行突破だ。

ボクは有無を言わせぬ勢いで、彼のボタンを外しきった。

もちろん、この行為に他意なんてない。第一、彼の裸は何度か見ているし、今更こんな行為で動揺したりは――――。

「……ミア？」

彼の胸板を見つめたまま、ボクは動きを止めた。

なんだろう、この感覚は。

ボクが凛太郎君の服を一方的に脱がそうとしているという状況が、妙に恥ずかしくなってしまった。一緒にお風呂に入ったときは、逆にこんなに意識しなかったのに……。

「ご、ごめんね！　すぐに拭くから……」

「いや……それくらいなら自分でできるぞ？」

「いいよいいよ。体を拭くのって、結構な重労働だからさ」

「まあ……拭いてくれたら助かるけど」

そんな言い訳を口にしながら、ボクは汗拭きシートで彼の体を拭いていく。首元から、胸、お腹《なか》。それから脇の下と背中も。

拭いているうちに、ボクは凛太郎君の匂いが薄れてしまったことに気づいた。

ボクにそういう癖はなかったはずなのに、どうしてこうも残念に思うのだろう。

「ふぅ……助かったよ、ミア。おかげですっきりした」

「そ、そうか。それはよかったよ」

ボクは凛太郎君が着ていた寝巻を手に持って、枕元を離れる。

「凛太郎君、着替えってこのクローゼットの中かな？」

「ああ、そこだ」

「了解。適当にTシャツ出しちゃうね」

クローゼットを開けて、彼の着替えを探す。

どれも、ボクの持っている服よりサイズが大きい。隣に並ぶとそんなに身長差を感じないのに、こうして見るとやっぱり男の子なんだなと実感する。

駄目だ。今は何を見ても意識してしまう。

「こ、これでいいかな？」

白いTシャツがあったので、ボクはそれを凛太郎《りんたろう》君のもとへ持っていく。

凛太郎君がそれを着ると、胸元にはでかでかと〝働きたくない〟という文字があった。

なんというか、我の強いTシャツだ。

「あ、ズボンはどうする？　持ってくるよ？」

「あー……今は大丈夫だ。夜になったら替える……」

「分かったよ」

そしてボクは、ベッドのそばに座り込んだ。

「……なあ」

「ん？　何かな」

「いや……別に、俺のそばにいなくたっていいんだぞ？」

「ボクがいたら気が散る？」

「そういうわけじゃないけど……申し訳ないっていうか」

「嫌じゃなかったら、君が眠りにつくまで一緒にいさせてよ」

「……分かった」

仕方ないな、とでも言いたげな笑みを浮かべ、凛太郎君は再びベッドに横になる。

ボクはそんな彼に布団をかけ、その顔を覗《のぞ》き込んだ。

「大丈夫？　寒くない？」

「少し寒気がするけど……多分大丈夫だ」

「寒気か……そうだ、一緒に布団に入って温めてあげようか？」

「ははっ……そいつは温まりそうだな」

ヘラッと笑った凛太郎君を見て、ボクの胸は一層強く高鳴った。

今なら、もしかすると行けるんじゃないか？

すでに凛太郎君は、強い眠気に襲われているようで、うとうとし始めている。

本当に布団に潜り込むなら、チャンスは今しかない。

「……君は何も気にせず、ゆっくり休んでいればいいからね」

「ああ……ありがとな、ミア」

「君のためになるなら、なんだってやるさ」

そう言いながら、ボクはそっと彼のベッドに体重をかけた。

そして慎重に布団をめくり、スッとその中へ。

――――入れちゃった。

心臓が痛いくらいに高鳴っている。

布団の中は、凛太郎君の濃い匂いで満たされていた。電車で嗅ぐ男性の匂いはとても苦手だけど、凛太郎君の匂いだけは、何故《なぜ》かすごく好ましく思える。

「……」

そっと凛太郎君に身を寄せる。

すると、寝苦しそうにしていた彼の表情が、若干和らいだような気がした。

熱のせいで、彼の体はボクよりも温かい。その温《ぬく》もりが、ボクの眠気を誘ってくる。

――っと、いけない。

ずっとここにいたいところだけど、凛太郎君がゆっくり休めなくなってしまっては、本末転倒だ。

ボクは何度か深呼吸をしたあと、静かにベッドを出た。

◇◆◇

「で、どうだったの？」

「最高の一日だったよ」

「そういうことを訊《き》いてんじゃないわよ！」

カノンの鋭いツッコミが、ミアに突き刺さる。

凛太郎の看病を一日担当したミアは、恍惚とした笑みを浮かべていた。

自分のツッコミを意に介していない彼女に対し、カノンは気味の悪いものを見るときの目を向けた。

「ミア、何があったのか、詳しく話して」

「どうしようかなぁ、これはボクだけの秘密にしておきたいんだけどなぁ」

「話して」

「……分かったよ」

ミアは、今日あったことを二人に話した。

主に二人が食いついたのは、ミアが凛太郎のベッドに潜り込んだという部分。

「凛太郎の……ベッドに」

「あんた……やりやがったわね」

二人から睨《にら》まれながらも、ミアはドヤ顔をした。

「悪いけど、ボクはちゃんと凛太郎君に許可をもらってからベッドに入ったんだ。責められるいわれなんてないよ」

あれを許可と言い張るのはかなり無理があるが、状況を知らない二人は、それを指摘することができない。

「ど、どうせ、熱で意識が朦朧《もうろう》としているところを言いくるめたんでしょ！　ずるよ！ずる！」

「失礼な、ずるなんかじゃないさ。あの凛太郎君が、熱を出したくらいで言いくるめられると思うかい？」

「ぐぬぬ……」

実際は、言いくるめるどころかほとんど意識を失っている状態だったのだが、もちろんミアはそのことを告げない。

「……まあいいわ。明日の当番はあたしよ……！　あたしの華麗な看病で、りんたろーを元気にしてやるわ！」

カノンは勢いよく立ち上がると、二人に向かってそう宣言した。

◇◆◇

また、夜が明けた。

ふと目覚めた俺は、昨日と同じく体を起こした。

時刻は朝の十一時。寝たり起きたりを繰り返し、気づけばこんな時間。

体は――――まだ怠いな。

熱は三十七度五分。昨日と体調に大きな差はない。まいったな、一日二日で回復してほしかったのだが、この調子だとまだかかりそうだ。

「昨日は……何があったっけ」

頭がぼんやりしている。

確か、ミアが俺の看病をしてくれていたはず。体も拭いてもらったし、飲み物や薬、食事の用意もしてくれた。何から何までやってもらって、申し訳ない気持ちになる。

ただ、今はこの気持ちを胸に秘める。

あいつらには、元気になったあとで恩を返せばいい。

――――だから、今はとにかく体を休めよう。

そう自分に言い聞かせる。

俺はトイレを済ませるため、自室を出た。

「あら、起きたのね」

「カノン……」

部屋を出ると、カノンと鉢合わせた。

そういえば昨日、ミアが次の看病当番はカノンと言っていた気がする。

今日は彼女の世話になるらしい。

「体はどう？」

「あんまり変わんねぇな……悪化はしてねぇから、今日も引き続き安静にしておくよ」

「それがいいわ。呼び止めて悪かったわね」

俺はトイレを済ませて、部屋に戻る。

すると、そこにはカノンがいた。

「あれ……？　どうしたんだ？」

「新しいシーツを持ってきたから、替えてあげようと思って。使ってたシーツは洗っておくわ。あと布団もね」

「おお……それは助かる」

カノンはベッドからテキパキとシーツを外して、新たなシーツを被《かぶ》せる。布団も新しいものに替えてくれた。

「手際がいいなぁ……」

「弟たちが熱出したときは、あたしが面倒見たりもしてたからね」

「なるほどな」

「待たせたわね。ほら、横になりなさい」

カノンに支えてもらいながら、俺は横になる。

「もうお昼だから、おかゆを作ってくるわ。食べたら薬を飲むのよ」

「わ、分かった」

「それじゃ、大人しくしてなさいね」

カノンは俺の胸のあたりをポンポンと叩《たた》き、部屋を出て行った。

こうやって、家族の看病をしていたのだろう。

あいつら、本当にいい姉ちゃんを持ったな。

◇◆◇

「ふー……」

おかゆを作りながら、あたしは息を吐いた。

ここまでは順調すぎるほど順調。

あたしには、二人ほどの大胆さはない。ならば、唯一勝《まさ》っている家庭的な面で勝負するしかない。

あたしは今日、実家暮らしで培ってきた経験を使って、りんたろーを看病する。

邪道は捨てる。あたしは、王道で勝負するのだ。

「そうと決まれば、美味《おい》しいおかゆを作ってあげないとね」

あたしはネットで作り方を確認しながら、おかゆを完成させた。

これはあたし自身の話だが、おかゆというものは、どうにも味が薄くて苦手だ。

ちゃんと味がついていないと、喉が受けつけてくれない。

りんたろーはどうだろう？　いずれにせよ味はついていたほうがいいに決まっている。

「梅干しは嫌いじゃなかったはずよね」

ささみの梅しそ揚げを作ってくれたことがあるし、大丈夫だろう。

あたしはおかゆの上に、買ってきた梅干しを二つ載せた。これなら塩気も十分だ。

「よし……！」

おかゆの入った器を持って、あたしはりんたろーの部屋に向かった。

「りんたろー、おかゆ持ってきたわよ」

ノックをしてから、部屋に入る。

ベッドで寝ていたりんたろーは、あたしが入ってきたのに合わせて体を起こした。

「悪いな、助かるよ」

「いいのよ。ほら、熱いから気をつけて――」

「……どうした？」

お盆ごとおかゆを渡そうとして、あたしは手を止めた。

この土壇場で、あたしはいいことを思いついてしまった。

「お、落としたら大変だし？　あ、あたしが食べさせてあげようか!?」

ここは絶好の〝あーん〟ポイント。

このおかゆを、あたしの手でりんたろーに食べさせるのだ。

「え？　いや、別に昨日も食えたし、多分大丈夫……」

「いやいやいや！　万が一ってことがあるわ！　だいじょうぶ！　優しく食べさせるから！」

「優しく食べさせる……？」

りんたろーはまだ本調子じゃない。

いつものようにツッコミを入れてこないということは、言いくるめるチャンス。

――ここは押し切る……！

「いいからいいから、あんたはそのまま楽にしてなさい……！　ね!?」

「あ、ああ……まあ、食べさせてくれるならありがたいけど……」

よし来た。

あたしはおかゆをよく冷まし、りんたろーの口元へ運ぶ。

「ほら、あーん……！」

「あーん……」

あたしの差し出したおかゆを、りんたろーが口にした。

あらやだ、なんか幸せ。

「ど、どう!?」

「んー……美味《うま》い。梅干しが多くて食べやすいな」

「でしょ!?　よかった……！」

「サービスしてくれたのか？　なんか嬉《うれ》しいな」

「っ！」

あまりにもりんたろーが優しい表情を浮かべるものだから、思わず心臓が跳ねた。

普段はムッとした顔をしていることが多いりんたろーだからこそ、こうしたギャップが生まれるのだろう。

これは厄介だ。あたしの魅力でりんたろーを虜《とりこ》にするつもりだったのに、このままではこっちがやられてしまう。

「――――美味かった。ごちそうさま」

「お、お粗末様……」

「どうした？」

「いや……なんでもないわ」

くっ、平然としおってからに。

こっちはさっきからドキドキしっぱなしだっつーの。

「飯食ったら……また眠くなってきたな」

りんたろーの目がとろんとしている。

っと、やるべきことはちゃんとやらないとね。

「寝る前に、薬だけ飲んじゃいなさいね」

「ああ、分かった……」

薬を飲んだりんたろーは、すぐに布団を被った。

「……カノンがシーツを替えてくれたおかげで、すげぇ快適だ。本当にありがとう」

「ふふんっ、あんたに喜んでもらえてよかったわ。今はゆっくり寝なさい」

「そうさせてもらうよ……」

そうしてりんたろーは、目を閉じた。

「……」

ふかふかのシーツにくるまるりんたろー。

彼の寝顔を見ていると、あたしもなんだか眠たくなってきた。

「ねぇ、りんたろー……あたしもそっちいっていい？」

眠ってしまったりんたろーから、返事はない。

——ちょっとだけだから。

そんな風に言い訳しながら、あたしはりんたろーのベッドに潜り込んだ。

「あったかい……」

彼に寄り添いながら、あたしはそうつぶやいた。

◇◆◇

「カノンもちゃっかり凛太郎《りんたろう》君のベッドに潜り込んでるじゃないか」

「うっ……」

夜の報告会。

ミアからはっきりそう告げられたカノンは、キュッと顔をしかめた。

昨日あれだけミアに文句を言っておいて、自分も同じことをしている。ミアとレイから反感を買うのは、必然だった。

「し、仕方ないじゃない！　だってりんたろーのいるベッドがめちゃくちゃ温かそうで……」

「……まあ、ボクは気持ちが分かってしまうから、これ以上は何も言わないけどさ」

「……じゃあ」

カノンとミアの視線が、レイに集まる。

彼女は心なしか目を細めて、二人を交互に睨《にら》んだ。

「私は二人みたいに、ベッドに潜り込んだりはしない。ちゃんと、凛太郎を休ませることだけに尽力する。私情は捨てる」

「「……」」

できんのかよ？　とでも言いたげな表情を浮かべるミアとカノン。

しかしレイはそんな二人を意に介さず、立ち上がって堂々と宣言した。

「絶対私が、凜太郎を元気にしてみせる」

レイを前にして、二人は顔を見合わせる。

「……そんな風に意気込んだ二人が、最後は私利私欲のために動いたんだけどね」

「絶対レイも凜太郎君のベッドに入ろうとするよ。命賭けてもいい」

「同感よ。この子にそんな堪《こら》え性《しょう》ないもの」

信用があるんだか、ないんだか。

ともかく、二人の意見が概《おおむ》ね合致していることだけは確かだった。

「二人とも、私に失礼」

「まあまあ……でも、笑えない事態になってきたね」

ミアの一言で、場の雰囲気ががらりと変わる。

「なんだかんだ言って、彼の体調不良は今日くらいには治ってしまうものだと思ってた。けど蓋を開けてみたら、昨日と比べてあんまり熱が下がってない」

凜太郎は、三人に対して「二、三日で治る」と伝えていた。

それは彼の経験則からくるものだったが、あくまで素人判断。今回の体調不良が、三日以内に回復する根拠などない。

「確かに、もし明日もこのままだと、四日目も治ってない可能性が出てくるわね」

「そうなったらどうしよう。明後日《あさって》はみんな仕事」

四日目まで体調不良が続けば、凛太郎はこの家でひとりになってしまう。

凛太郎がそれでも大丈夫と言い張ることは、三人とも理解していた。しかし、いくら彼が大丈夫と言い張ろうが、心配なものは心配だ。

「学校帰りに、稲葉《いなば》君に寄ってもらう……しかないかな。今のところは」

「そうね。それが最善だと思うわ」

「稲葉君の予定が駄目だったときは、また別の手段を考えよう。今日はもう遅いし、ボクらも休もうか」

ミアの提案に、カノンとレイは頷《うなず》く。

こうして、三人の考えはひとまずまとまった。

いがみ合ったりしながらも、最後はこうして方向性がまとまる。

三人の結束の強さは、こうしたやり取りが証明していた。

◇◆◇

――――だいぶ楽になった気がするな。

体を起こした俺は、すぐにそう思った。昨日までぼんやりしていた意識が、今日はかなり鮮明だ。

熱を測ってみれば、三十七度。人によっては平熱の範囲だが、もともとあまり体温が高くない俺には、まあまあしんどい程度。夜になるともう少し上がるだろうし、まだ油断はできない。

でも、この感覚は知っている。熱が下がり切る前日は、いつもこうだった。

明日はきっと平熱に戻っていることだろう。回復の兆しが見えてきたことに、まずは安心する。

熱がぶり返したらたまったものじゃないし、平熱に戻ったあとは一日だけ休むつもりだ。そうしないと、雪緒《ゆきお》にガミガミ言われてしまう。

「凛太郎、起きてる？」

「ん……玲《れい》か」

「よかった、起きてた」

扉を開けて、玲が入ってくる。

俺の顔を見た玲は、ホッと胸を撫《な》で下ろした。

「ん、顔色よくなった？」

「ああ、おかげさまでな。まあ、まだ微熱ではあるけど」

「そっか。じゃあ今日もゆっくり休まないと」

そう言いながら、玲は俺の枕元にスポーツ飲料を置いた。

ありがたくそれに口をつけようとすると、玲がジッと見つめてきていることに気づく。

「……なんだ？」

「なんか、もう元気になってる気がする」

「わ、悪いかよ……」

「悪いことじゃない。でも、これじゃベッドに潜り込めないかも」

「お前はなんの話をしてるんだ？」

恐ろしい言葉が聞こえた気がした。

「とりあえず、シーツとか、布団替える？」

「あ、ああ、頼む」

熱が下がったのはいいが、ずいぶん汗をかいてしまった。

お言葉に甘えて、シーツと布団を交換してもらう。

「……」

――交換してもらったのはいいが、玲は洗濯できるのか？　ちょっと心配だ。

「よし、洗濯してくる」

「お、おう……あ、俺もトイレ行こうかなー」

玲に続いて、俺も部屋を出る。

そしてトイレに行くふりをして、洗濯機へと向かう玲のあとをつけた。

俺は玲を信用していないわけじゃない。むしろその逆。俺は玲を信じているのだ。壊滅的に家事ができないという、その特徴のほうを――――。

「えっと……」

洗濯機にシーツを放り込んだ玲は、きょろきょろと周囲を見回し始めた。

おそらく洗剤を探しているのだろう。しばらく見ていると、思い出したかのように戸棚を開け、中から洗剤と柔軟剤を取り出した。

規定量の洗剤と柔軟剤を入れた彼女は、洗濯機の設定を始める。

おぼつかない手つきだが、操作はできているようだ。おそらくカノン辺りが使い方を教えたのだろう。

しかし、最後の難関に気づくだろうか？

もし気づかないようであれば、偶然を装って助けに入るしかない。

「あとはスタートを押せば――――」

――――限界か。

俺は物陰から出て、玲のもとへ向かうことにした。

「あ、そうだ。水の元栓開けてない」

「っ！」

慌てて姿を隠す。

そう、洗濯機を使うには、まず水を出すための栓を開けなければならない。

これが意外と曲者《くせもの》で、俺もたまに開け忘れたり、逆に閉め忘れたりしてしまう。

しかし、玲はボタンを押す前に開けていないことに気づいた。

彼女をよく知る者としては、あまりにも感動的な偉業だ。これは決して大袈裟《おおげさ》な表現ではない。

「できた」

嬉《うれ》しそうにつぶやく玲を見て、思わず拍手を送りそうになる。

いやいや、せっかくの喜びに水を差してはいけない。俺は気づかれないよう、静かに部屋へ戻った。


「洗濯してきた」

「すごいな、できるようになったのか？」

部屋に戻ってきた玲に、俺はすっとぼけながら問いかける。

「カノンが教えてくれたから、なんとかなった」

そう言いながら、玲は嬉しそうに胸を張ってみせた。

これはカノンにグッジョブと言わざるを得ない。

「次はおかゆを作ってみようと思う」

「料理か……」

おかゆは作ろうと思うと意外と面倒臭いのだが、玲にできるのだろうか。

母親の莉々亞《りりあ》さんの手伝いがあったとはいえ、ラザニアを作っていたし、問題はないと思うが――――。

「任せてほしい。美味《おい》しいおかゆを用意してみせる」

「……分かった、任せる」

得意げに頷いてみせた玲は、部屋を出て行った。

――どうしようか。

洗濯と同じように、ついて行ったほうがいいかもしれない。

「……いや」

待て待て、これではあまりにも過保護すぎる。

玲だって、ちゃんとひとりで洗濯できたじゃないか。俺が構うことで、玲の頑張りを否定してしまう可能性だってある。それだけは避けなければならない。

――信じて待とう。

それが、今の俺にできる最善だ。

しばらく体を休めていると、お盆を持った玲が戻ってきた。

お盆に載った器からは、湯気が立ち上っている。

「梅干しが二個載ってる……サービスがいいな」

おかゆの上にある梅干しを見て、自然と笑みがこぼれた。

そういえば、昨日もカノンが二つ載せてくれていたっけ。

ところどころぼんやりしていて、昨日と一昨日のことはあまりよく覚えていないけど、二人とも甲斐甲斐《かいがい》しく面倒を見てくれたことだけは分かる。そうでなければ、こんなに体が楽になるわけがない。

「昨日、カノンに教えてもらいながら、三人で一度作った。だから多分美味しい」

「なるほど、それで自信満々だったわけだ」

俺はおかゆに口をつける。

梅干しの塩気と酸味、そして米の甘さが口の中で優しく広がっていく。

このおかゆなら、毎日だって食べられそうだ。

「美味《うま》い。体が温まるよ」

「よかった……安心した」

気が抜けたように微笑《ほほえ》む玲を見て、彼女が緊張していたことに気づいた。

自分が作ったものを人に食べてもらうときは、いつだって緊張するものだ。

俺は玲の安心した気持ちがよく分かる。

「……ふぅ、ごちそうさまでした」

おかゆを完食し、俺は一息ついた。

温かいものを食べたことで、汗をかいてしまった。昨日から着替えられていないし、そろそろ気持ち悪くなってきた。

「玲、ちょっと着替えたいから、一度外に出ててくれるか？」

「ん、むしろ手伝う」

「いや……さすがにそれは」

体も拭きたいし、同じ部屋にいられると恥ずかしいんだが。

「ミアだって凛太郎《りんたろう》の着替えを手伝って、体を拭いた。だから私もやる」

「っ……！　あー、そうだったな……」

言われて思い出した。

確かに一昨日、俺はミアに着替えを持ってきてもらい、体も拭いてもらった。熱でぼんやりしていたとはいえ、まさかそんなことまで甘えてしまうなんて……。

「大丈夫、私は優しくする」

「なんか似たようなこと言われた気がする……！」

無理やり近づいてこようとする玲を、俺は手で制する。

「待て……！　分かった、まずは着替えを手伝ってもらおう。クローゼットの中から、Tシャツを取ってくれ」

「ズボンは？」

「ずっ……」

「汗かいてるでしょ」

確かにそうだ。

替えたほうが快適に過ごせるに決まってる。

「……ズボンも頼む」

「よしきた」

タンスを漁《あさ》り、玲はTシャツとズボンを用意してくれた。……ついでにパンツも。

さて、着替える前に体を拭かなければならないのだが――。

「……下は駄目だぞ」

「分かってる。私もさすがにそれは照れる」

そういうところはまともな感性なんだな……。

いや、体を拭こうとする時点で、まともと言い切るのは無理があるか？

「じゃあ、頼んだ」

ぶっきらぼうに言いながら、俺は着ていたTシャツを脱いで、玲《れい》に背中を向けた。

「行くよ?」

そんな言葉と共に、汗拭きシートが背中に触れる。

ひんやりスースーした感触がして、思わず身震いした。

「あ、冷たかった?」

「だい、じょうぶだ……もう慣れた」

「分かった。続ける」

玲は優しい手つきで、俺の背中を拭いていく。

なんだかこそばゆくて、妙に落ち着かない。

「凛太郎、鳥肌立ってる」

「そういうことはいちいち言わなくていいんだよ……」

思わず顔が赤くなった。

思ったことをすぐ口にしてしまうこいつの性格には、困ったもんだ。

「前も拭く。こっち向ける?」

「あ、ああ……」

背中はともかく、前は自分で拭ける。

しかし、いつの間にか俺は、逆らうことなく体を差し出していた。完全に主導権を握られているこの状況が、少し悔しい。

「……っ」

汗拭きシートでこすられるたび、意図せず体が跳ねてしまう。

恥ずかしくてたまらない。

「脇ってくすぐったい？」

「え？　い、いや、そんなに……」

「じゃあ拭いてあげる」

「って、さすがに急にやられたら――」

脇腹にスッと手を入れられ、思わず身をよじった。

「凛太郎、結構くすぐったがり」

「急に触られてびっくりしただけだっつーの……」

俺を弄《もてあそ》びやがって。

しかし、おかげで変な緊張も解けた。

最後に首元を拭いてもらい、俺は新しいTシャツを着た。

「……じゃあ、下拭くから」

「ん、部屋の外で待ってる」

そう言って、玲は廊下へと出た。

俺はいそいそと下半身を拭き、新しいズボンを穿《は》く。

なんとか頭だけでもちゃんと洗いたいけど、熱がぶり返すことも考えて、今はお預けだ。

体調不良もきついが、風呂に入れないのも案外きついんだよな……。

「着替えたぞ」

「お疲れ様」

俺が声をかけると、玲はすぐ部屋に戻ってきた。

「悪いけど、この服も洗濯機に入れておいてくれるか？」

「お安い御用。凛太郎は引き続きゆっくり休んで」

「ああ、そうさせてもらう」

今のところ体調に大きな変化はない。しかし依然として倦怠感《けんたいかん》は強く、できれば動きたくないというのは、相変わらずだった。

手厚い看病をしてもらった俺には、体を休める義務がある。

今日はちゃんと甘えて、しっかり治してしまおう。

「……ねぇ、凛太郎」

「ん？」

「あとで、一緒に寝てもいい？」

「え……」

急に何を言い出すのだ、こいつは。

「ダメ？」

「それはさすがによくないだろ……」

「でも、ミアとカノンは一緒に寝た。私だけ仲間外れはズルい」

「は!?　そんなわけ……」

――いや、寝てた気がする。

ぼんやりしていたけど、隣にあいつらがいた感覚はずっとあった。

まさか、俺はあいつらを湯たんぽ代わりにしていたのか？　あり得ないと言いたいところだが、弱っているときの俺は、自分でも何をするか分からない。

「私も凛太郎と一緒に寝る。そうすれば公平」

「どういう理屈だよ……」

「……」

玲の懇願するような視線が、俺を射貫《いぬ》く。

本来であれば、即座に断っていただろう。しかし、ミアやカノンと添い寝したという事実がある以上、自分だけハブにされた玲は、落ち込んでしまうかもしれない。

俺が玲のメンタルを揺るがすだなんて、言語道断。故に、これは仕方のないことなのだ。

決して俺がしたいというわけではない。

「分かった……お前の好きにしていいよ」

「ほんと？　じゃあ、急いで戻ってくるから」

「はいはい……」

パッと表情を輝かせた玲は、素早い動きで俺の部屋から出て行った。

どいつもこいつも、どうしてわざわざ俺のベッドに入りたがるのだろうか――。


「全部終わった」

「ん、ご苦労さん」

戻ってきた玲は、何故《なぜ》か大人しい様子でベッド脇にちょこんと座り込んだ。

俺はふうとため息をついて、布団を持ち上げる。

「ほら、来ていいぞ」

「ありがとう、凜太郎」

「ったく……これの何がいいんだか」

持ち上げた部分から、玲がのそのそと入ってくる。

あまり広いとは言えないベッドで、俺たちは並んで横たわった。

「ん……凛太郎の匂いがする。すごく落ち着く」

「落ち着くって……」

　こっちはお前の甘い香りのせいで理性がどうにかなりそうだっつーの。

　待て、いかんいかん。俺はまだ病人。意識しすぎると、熱がぶり返すかもしれない。俺は心を落ち着けるために、深く深呼吸する。すると再び玲の匂いがして、本末転倒であることを理解した。

「凛太郎、もう少しそばにいっていい？」

「……でも」

「だめ？」

「……」

　お互い、もうかなりギリギリの距離にいる。

　これ以上近づいたら、触れ合ってしまうかもしれない。

　しかし、この青い目に覗《のぞ》かれると、どうにも逆らえなくなってしまう。

「ああ……いいよ」

　玲はそのまま近づいてきて、俺の胸に額を当てるようにした。

「凛太郎、心臓の音が速くなってる」

「そりゃ、こんなに近づいたらそうなるだろ」

「意識してくれてる？」

「……」

コメントを控え、顔をそらした。

抱きしめようと思えば、抱きしめられてしまう距離。

俺だって、触れられるものならそうしたい。

――分かってる。それだけは絶対に駄目だということは。

「……凛太郎《りんたろう》」

「ん……？」

「今なら、誰も見てないよ」

「っ！」

潤んだ瞳が俺を射貫き、心臓が一層大きく高鳴る。

ここはベッドの中。玲の言う通り、ここで何があっても、誰かがその事実を知ることはない。たとえ〝レイ〟に触れたとしても――――。

「……まだ少し、熱があるんだ」

「うん」

「体も怠《だる》い」

「うん」

「だから……甘えさせてもらって、いいか？」

俺がそう問いかけると、玲はくすりと笑った。

なんてダサい言い訳だろう。言ってるそばから恥ずかしくなる。

「うん、いつでもどうぞ」

しかし、玲はそんな俺を受け入れるべく、少し離れてから、手を広げてみせた。

「……ありがとう」

そうして俺は、玲を強く抱きしめた。

その柔らかさが、体温が、匂いが、頭の中を埋め尽くしていく。

どこかで抱えていた、不安や焦り。そういったものたちも、すべてどこかへ流れていった。

何も考えずに済むようになった途端、また眠気が襲ってきた。

――今日はもういいだろ。

俺は玲を抱きしめたまま、あっさりと意識を手放した。

◇◆◇

「――それで、最終日はどうだったわけ？」

不貞腐《ふてくさ》れた態度で、カノンがそう問いかける。

その態度の理由は単純明快。表情変化に乏しいレイの顔が、ぱっと見で分かるほど緩んでいたからだ。

「……別に、何もなかった」

「嘘《うそ》つけぇ！」

カノンが吠《ほ》える。

昨日まではどこかおぼつかない様子の凛太郎だったが、今日はずいぶん回復したようで、意識がはっきりしていた。そんな彼と、レイがこの家で二人きり。何かあったと疑うほうが自然だ。

「レイ、聞かせてよ。そういう行為はあったのかな。それとも、なかったのかな」

「……あったか、なかったかで言えば……なかった」

ミアとカノンは、安心した様子で盛大にため息をついた。

そういう行為があった場合、凛太郎を巡る戦いはゲームセット。そう認識していたミアたちにとって、レイの言葉は試合続行を意味していた。

二人の安心とは裏腹に、レイは余計なことを喋《しゃべ》ってしまわないよう、細心の注意を払っていた。あのことは、凛太郎と自分だけの秘密。たとえ苦楽を共にした戦友であっても、この秘密だけは共有できない。

「……まあ、よかったわね、熱が下がってきて」

カノンの言葉に、レイとミアも同意を示した。

先ほど凜太郎が熱を測ったところ、三十六度九分になっていた。夜になっても熱が上がっていないため、明日は落ち着いている可能性が高い。

今も凜太郎は自室でゆっくり体を休めている。三人のおかげで無茶をせずに済んだ彼は、なんとか回復することに成功した。

「病み上がりで無茶させられないけど……早く凜太郎君のご飯が食べたいね」

「ん、同感」

この三日間、市販のものや楽屋に置かれた弁当でなんとか食いつないできた三人。

凜太郎と暮らすようになってから、ここまで長く彼の料理を食べられなかったことはなかった。

「まさか、あいつの作るものが食べられないってだけで、こんなにきついなんてね……」

カノンは、凜太郎に依存している自分に呆《あき》れていた。

その気持ちは、レイとミアも痛いほど分かる。

「いつか、凜太郎君が誰かと結ばれたら……残された人は、もうこういう生活は送れないってことだよね」

「そりゃ……そうよね。そんなの、結ばれた人に悪いわ」

リビングに、沈黙が広がる。

彼女たちの悩みは、行き場のない迷宮のようなものだった。

どれだけ考え込んだところで、全員が幸せになる答えなどない。

だから、こんなにも苦しいのだ。

「……」

レイは、自分と同じように葛藤している二人の顔を見つめた。

この状況を生み出したきっかけは、レイ自身。凜太郎に近づき、凜太郎を二人に近づけたことで、今が生まれた。


――私には、責任がある。


レイは胸の内でそうつぶやく。

この状況を変えるのは、自分でなければならない。何度もそう言い聞かせる。

そしてレイは、ひとつの手段にたどり着く。

「……あ」

「ん？　どうしたんだい、レイ」

「う、ううん、なんでもない」

とっさに首を横に振る。

その手段を実行できるのは、自分だけ。まだ、考えられるだけの時間は残っている。今この場で伝えることではないと、彼女は判断した。

「とにかく、りんたろーも回復し始めたことだし、今はクリスマスライブに集中するわよ。細かい話は、全部終わったあと、腰を据えてやりましょう」

「……そうだね。考えても仕方ないことに意識を割いている余裕はないし」

「その通りよ！」

クリスマスライブまで、残り二週間弱。

ライブを成功させ、その後に待つクリスマスパーティーを思う存分楽しむため、三人は気を引き締めることにした。

第六章　凛太郎のプレゼント

俺の体調は、翌日にはすっかり回復していた。

倦怠感《けんたいかん》は少し残ったものの、動いているうちに消えるだろう。

人間、健康が一番。体調不良になるたびに、そんな当たり前のことに気づく。

熱が下がったあとも、一日ゆっくりと体を休め、さらに翌日。

今日は玲《れい》たちが登校できる日だ。夕方からクリスマスライブに向けたレッスンがあるため、昼は精がつくものを用意してやらねば。

というわけで、俺は弁当を作るため、朝早くからキッチンに立っていた。

「〜♪」

ノリノリで、卵焼きをひっくり返す。

料理をする習慣が染みつきすぎて、できない日が続くと不安になってくるのだ。だから
こうしてキッチンに立てることが、嬉《うれ》しくてたまらない。

「おはよう、凛太郎君」

いつの間にか、ミアがリビングにいた。

もう起きてくる時間だったか。夢中になりすぎて気づけなかった。

「ああ、おはよう」

「ずいぶん調子良さそうだね。もう万全かな？」

「追加で一日休ませてもらったからな。すこぶる良くなった」

「それはよかった」

「お前らの看病のおかげだ。ありがとな」

「ふふっ、そんなのお安い御用さ」

俺は淹《い》れたてのコーヒーをミアに渡す。

すでに冬も本番。朝の冷え込みは一層厳しくなり、ホットコーヒーがなおのこと美味《おい》しく感じられる季節になった。寒いのは嫌いだが、冬のそういうところは嫌いじゃない。

「……そういえば聞きそびれていたんだけど」

「ん？」

「カノンとのデートはどうだったんだい？　楽しかった？」

「あー」

色々あって、話しそびれていたな。

特別面白い話があるわけじゃないし、話すこともほとんどないのだが――――。

「まあ、普通だよ。ふつう」

「ふーん……？　そうやって誤魔化さないといけないようなことがあったのかな？」

「んなわけねぇだろ」

「冗談だよ。君がボクらに手を出さないってことは、ちゃんと理解しているからね」

朝っぱらから話す内容じゃないことに対し、俺は苦笑いを浮かべた。

「あ……凛太郎《りんたろう》」

ミアと雑談していると、眠そうな目をした玲が二階から下りてきた。

相変わらず寝相がよろしくないようで、髪がボサボサしている。

「調子いい？」

「ああ、おかげさんでな。それより早く顔洗ってこい」

「ん……分かった」

トテトテと洗面所へ向かう玲を見送り、追加でコーヒーを淹れる。

いつもの朝が戻ってきた。寝込んでいたのはたった数日とはいえ、この当たり前が、なんだかとても嬉しい。

「ふわぁ……おはよー……」

「あ、カノンも起きてきたね」

ふらふらと階段を下りてきたカノンは、そのまま洗面所のほうへ消えていった。

挙動がいつも心配になるけど、何故《なぜ》かいつも転ばないんだよな……。

「凛太郎君、昨日も言ったと思うけど、今日はかなり帰りが遅くなると思う」

「ああ、分かってる。ライブ前はいつも以上に大変だな」

「まあね……でも、ボクらにとっては何回もあるうちの一回でも、観《み》に来る人にとっては、一生に一回の機会かもしれないだろう？　そのたった一回の思い出を、最高のものにしてあげたいからね……努力は惜しんでいられないよ」

そう言いながら、ミアは得意げに胸を張った。

かっこいいやつらだよ、本当に。

◇◆◇

三人に弁当を持たせ、少し時間をずらして学校へ。

このルーティーンにも、ずいぶん慣れたものだ。

「おはよう、凛太郎。もう元気そうだね」

「ああ、おかげさまでな」

先に教室にいた雪緒《ゆきお》に挨拶し、自分の席に座る。

学校は好きでも嫌いでもないが、数日休むと、どこか新鮮な気持ちになる。

「休んでたときの授業、ノートにまとめておいたよ」

「助かるよ……世話になったな」

「看病には行けなかったし、これくらいはね」

受け取ったノートを開き、相変わらず上手《うま》いことまとめるもんだと感心する。

普通に授業を受けるより、このノートをもとに勉強したほうが学力が上がるかもしれない。

「おー！　復活か!?　凜太郎！」

「体調良くなったんだな！」

教室に入ってきた竜二《りゆうじ》と祐介《ゆうすけ》が、俺にそう声をかけてきた。

「心配かけて悪かったな」

「いやー、お前が熱出して帰ったときはビビったぜ。よかったな！　大事《おおごと》にならなくて！」

竜二が俺の背中をバシバシと叩《たた》く。

一応病み上がりなんだが、容赦ねぇなこいつ。

「……ん」

ふと、こっちを見ている玲と目が合った。

俺がこいつらと楽しげに話しているのを見て、玲は安心したような表情を浮かべた。

その日の授業は、雪緒のまとめてくれたノートのおかげでなんとかついて行けた。

昼休み。さっさと弁当を食べ終えた俺は、雪緒にとある相談を持ち掛ける。

「三人へのクリスマスプレゼント？」

「ああ……迷惑かけちまったし、お礼もかねて、何か渡したいんだけどさ」

「なるほどねぇ……」

柄じゃないことは分かっているが、何か返さないことには、俺の気が済まない。

あいつらが好きな料理を作る――っていうのはいつもやっていることだし、もっとこう、プレゼントらしいものを用意したいと考えていた。

「そうだなぁ……タンブラーとかはどう？」

「タンブラーか……」

そういえば、イメージカラーごとのマグカップはあるけど、タンブラーはまだなかった。温冷どちらの飲み物を飲むときも便利だし、探してみるのはいいかもしれない。

「ありだな、タンブラー。探してみるわ……でも、それだけじゃちょっと足りない気がするんだよなぁ」

頬杖《ほおづえ》をついて、俺は考え込む。

タンブラーの他にもうひとつ何か用意したいところなのだが、あいにく全然思いつく気がしない。

「うーん……あ！　じゃあ、作るっていうのはどう？」

「どう、って……飯はいつも作ってるし、今回はものがいいっていうか――――」

「そうじゃなくて、凛太郎の手でプレゼントを作るんだよ」

そう言いながら、雪緒はカバンから水色の毛糸で編まれたマフラーを取り出す。

そこで俺は、彼の意図を理解した。

「そういえば、ずっと使ってくれてるよな、そのマフラー」

「もちろんだよ。凛太郎が僕のために編んでくれたマフラーなんだから」

雪緒の言う通り、このマフラーは、俺が雪緒にプレゼントしたものだ。

中学時代。いい感じのマフラーを欲しがっていた雪緒に、ふと思い立って編んでみたのだが、まさかこんなに使い続けてもらえるとは思っていなかった。

相当気に入ってくれている証拠だろう。少し照れ臭いが、素直に嬉しい。

「実はこれ、お母さんに協力してもらって、ほつれができるたびに直してるんだ」

「そこまでやってんのかよ……」

「だってお気に入りなんだもん。……これなら、三人も喜んでくれるんじゃない？」

「……なるほどな」

手編みのマフラーなんて、考えてもみなかった。

しかし、雪緒のマフラーを編んだときは本当に気まぐれで、特別な日でもなんでもなかった。だからこそ、気楽に渡すことができた。

クリスマスのようなイベントごとになると、また違うのではないだろうか。

「大丈夫だよ、凛太郎。僕が保証する。君がマフラーを編めば、三人とも絶対に喜んでくれるよ」

「……お前がそこまで言うなら、やってみるか」

雪緒のことは、いつも俺が一番信用している。

マフラーを編むなんて、俺には似合わないかもしれないが、やってやるよ。

「そうと決まれば、早速手芸ショップに付き合ってくれねぇか？　時間もねぇし、編むならさっさと材料を用意しねぇと」

「お安い御用だよ。ついでにタンブラーも見てみよう」

「ああ、そうするか」

本当に、頼りになる親友をもったものだ。

今度また雪緒にもお礼を用意しなきゃな。


雪緒に付き合ってもらい、俺はマフラーを編むのに必要な大量の毛糸と、色違いのタンブラーを三つ購入した。運よく、それぞれのメンバーカラーのタンブラーを見つけることができた。

「よし、ちゃっちゃと進めねぇとな」

すべての家事を終えて自室にこもった俺は、机の上に並べた毛糸を手に取った。

玲《れい》たちは、今もリビングでクリスマスライブに向けたダンスの練習をしている。俺が何をしているのか、気に留めている余裕はないはずだ。

見られたところで特に支障はないが、なんというか、雰囲気が崩れてしまうというか。俺が何をしているのか隠していたほうが、当日のインパクトが大きくなるのではないかと思ったのだ。

三人がマフラーを必要としていなかったときは――――いや、余計なことは考えるな。そんなことはそのときになってから考えればいい。

棒針を持って、さっそく黄色いマフラーを編んでいく。

一応、やり方をネットで調べながら、やり直しにならないよう慎重に針を進める。

雪緒の分を編んだときは、水色と白色が交互にくるようにした。今回も、それぞれのイメージカラーに加えて、別の色を交ぜるつもりである。しかし、これをやろうとすると、途中で毛糸を切り替えなければならないため、一色で編むより難しくなる。雪緒のときも、切り替え時がよく分からず、何度も解《ほど》いて編み直すはめになった。

「……」

適当に音楽でも流しながら、黙々と作業を進める。

もともと、こういう単純作業は好きだ。没頭している間は余計なことを考えずに済むし、頭がクリアになる。

欠点としては、没頭しすぎてしまうところだろうか。気づけば数時間経《た》っていたなんてこともあり、寝る時間がほとんどなくなってしまったこともある。

それ以来気をつけてはいるのだが、中々自分の意思ではどうにもならない部分もあり、苦戦している。

「凛太郎、ちょっといい？」

「おわぁ!?」

突然後ろから声をかけられ、俺はとっさに作りかけのマフラーを覆い隠す。

「れ、玲……ノックくらいしてくれ」

「あ、ごめん。やり直す？」

「もう遅《おせ》ぇよ……」

俺は編んでいたものを背中で隠すようにしながら、部屋に入ってきた玲と向き合う。

「それで、どうかしたか？」

「手が空いてたら、コーヒーを淹《い》れてもらえないかと思って……」

「あー、コーヒーね。今淹れるよ」

玲の背中を押して、部屋の中を見せないようにしながら廊下に出る。

まったく、油断も隙もないやつめ。


頼まれた通り、コーヒーを準備する。

俺ももう少し作業したいし、自分の分も合わせて淹れてしまおう。

「ほい、コーヒー」

「ん、ありがとう」

「じゃあまた部屋にいるから、何かあったらすぐに声かけろよ」

三人が頷《うなず》いたのを見て、俺は自室へと戻ろうとする。

「——凛太郎《りんたろう》、なんかコソコソしてた」

階段を上り切ったところで、そんな玲の声が聞こえてきた。

思わず足を止めて、三人の声がギリギリ聞こえる物陰まで戻る。

まさか、俺が編み物をしていることに気づかれたか？

「コソコソ？　どういうことよ、それ」

「机に向かって、何かしてた。私が部屋に入ったら、急いで隠した」

「……またノックもしないで入ったんじゃないでしょうね、あんた」

「うっ」

「もう、気をつけなさいって言ったでしょ？」

もっと言ってやれ、カノン。

「……それで、何かしらね、りんたろーがコソコソしないといけないことって」

そっちには興味あるんかい。

くそっ、さっさと部屋に戻りたいところだが、あいつらの話が妙に気になってしまう。

俺はバクバクとうるさい胸を押さえながら、耳をそばだてた。

「勉強なら、あんなに取り乱さない」

「あたしたちには知ってほしくない何かってことよね……あ、漫画描いてるとか？」

「漫画描くのって、恥ずかしいこと？」

「いや、描くこと自体が恥ずかしいってわけじゃ……でも家族に見られたら、なんか恥ずかしいでしょ？　恥ずかしいわよね？」

「そ、そうかも……？」

カノンのあの詰め寄り具合、きっと実体験なんだろうな。

「……二人とも、まだまだお子ちゃまだね」

「はぁ!?　同い年のくせに何よ！　あんたはりんたろーの隠し事が分かるわけ!?」

「ふふっ、当たり前さ」

声しか聞こえないが、ミアがドヤ顔をしているであろうことは見えなくとも分かった。察しのいいミアのことだ。下手したら、本当に俺がコソコソしている理由に気づいているかもしれない。

緊張しすぎて、変な汗が出てきた。

「男子高校生が、人に見られたくないもの……そんなの、あれに決まっているよ」

「あれって何よ」

「それは……ほら、あれだよ」

「だから、あれがなんなのかって聞いてるじゃない」

「…………えっちなこと」

思わず頭を抱えた。

声が尻すぼみになっていることから、ミアの顔が赤くなっていることは容易に想像できる。言ってる途中で恥ずかしくなるくらいなら、黙っとけばよかったのに……。

「あ、あー……まあ、そうよね、りんたろーも男子だし……」

三人の間で、しばらく沈黙が広がった。

勝手に気まずくなってんじゃねぇよ。

気まずいのはこっちだよ。

「……凛太郎、えっちなビデオとか、観《み》るのかな」

「み、観るんじゃないかな。男の子はみんなそういうものだって、聞いたことがあるよ」

「そうなんだ……どんなの観るんだろ」

気になるなよ、そんなとこ。

そもそも事実無根だ。

「き……きっとスレンダーな女優さんのやつだわ！」

「ほう、どうしてそう思ったのかな」

「このあたしがそばにいるのよ？　あたしのことを意識して……ほら、ね？」

だから、恥ずかしくなるくらいなら変なこと言うなって。

ツッコミどころが多すぎて、こっちは疲れてきたぞ。

すぐに部屋に戻りたいところだが、妙に気になってしまって、ここから離れられない。

「それはどうかな？　ショートヘアーの女優ばかり観ているかもしれないよ？　あとはそうだなぁ……胸が大きい人、とか」

「は、はぁ!?　胸なんてただの脂肪じゃない！　そんなものにあいつが惹《ひ》かれるわけ――って、レイ！　無言でミアのほうに寄っていかないでよ！」

あいつら、誰にも見られてなくても漫才みたいなことやってんだな……。

「じゃあ、凛太郎君がどんな女優さんを観ているのか、今度確かめてみようよ」

「はっ！　上等よ！　あいつのパソコンを隅々まで調べ尽くして、あんたらに現実ってものを見せつけてやるわ！」

どうしてあいつらのプライドのために、俺の性癖が暴かれなければならないのだろうか。

もはやパソコンの履歴を全部年上系で揃《そろ》えてやろうかな。

男の尊厳を守るためにも、こっちには戦う覚悟があるぞ。

「でも……パソコンまで漁《あさ》ったら、さすがに可哀想《かわいそう》」

「「……確かに」」

玲の一言によって、二人も冷静になってくれたようだ。

俺は三人の会話が止まったのを確認して、ゆっくり階段を上がる。

なんだったんだろう、この時間。俺の心には、何も得るものがなかったことに対する虚無感が満ちていた。

第七章
再会とナポリタン

ついにやってきた、クリスマスライブ当日。

三人ともコンディションはばっちりで、今日も気合十分で家を出た。

「よし……俺も行くか」

ライブのスタートは十七時。

今回も関係者席を確保してもらったため、俺は特等席で彼女たちの活躍を観ることができる。険しい抽選を潜《くぐ》り抜けて席を確保している人たちには申し訳ないが、ここは特権として楽しませてもらおう。

電車に揺られて会場へ。

今回の会場のキャパは、三万人を超えている。駅から出た途端、ミルスタのグッズを身に着けたファンたちが、一斉に会場へ向かっていくのが見えた。

――――やっぱりとんでもねぇな、ミルフィーユスターズは。

改めて彼女たちのすごさを実感しながら、俺も会場へ向かうことにした。

会場には、すでに大勢の人だかりができていた。ペンライトやらタオルやら団扇《うちわ》やら……他にも多数のグッズが売られている。それを求めて並んでいるファンの行列はどこまでも伸びており、終わりがまったく見えない。

聞くところによると、物販は開場の何時間も前から並ぶ人がいるくらいに大人気なんだそうだ。グッズを買うという心理が分からない俺にとっては、何時間も並ぶなんて気が遠くなるような話である。

そんな行列を横目に、俺は真《ま》っ直《す》ぐ会場へ。

途中で係員を見つけ、声をかけるべく近づく。

「あの……」

「はい、どうなさいました？」

「関係者の志藤《しどう》です」

「確認いたしますので、少々お待ちいただけますか？」

係員がどこかに無線を繋《つな》ぐ。

しばらくして無線を終えた彼は、俺に向かって笑顔を見せた。

「志藤様、確認が取れましたので、ご案内させていただきます。中へどうぞ」

「ありがとうございます」

係員に案内してもらい、俺は他の観客から見えない位置にある関係者席にたどり着いた。

ほぼ個室になっているため、一般客の視線を気にせずラフに楽しめる。眺めも良好だ。こんなところでミルフィーユスターズのライブが観られるなんて、まさに贅沢《ぜいたく》と言わざるを得ない。

入場は始まったが、ライブ開始はまだ先だ。

自分の座席についた俺は、のんびりスマホでもいじりながら待つことにした。

しばらくすると、関係者席にもちらほら人が入ってきた。おそらく、事務所側が呼んだ人たちだ。

この人たちにとって、俺はどう映るのだろう？　学校の友達か、それとも――。

「おや……？　おやおやおやぁ？」

なんとなく他人の視線が気になっていると、聞き覚えのある声が近づいてきた。

顔を上げると、そこには因縁のある美少女たちの顔があった。

「げ……」

「げ、とはなんや！　ウチらと顔合わせてげんなりする人、国中探してもりんたろーさんだけやで？」

「はぁ、そいつはおおきにおおきに」

「はー、相変わらずの憎まれ口やなぁ」

そう言いながら、シロナは笑う。

そんな彼女の後ろには、退屈そうにあくびをしているクロメの姿もあった。

彼女たちは、チョコレート・ツインズ。

シロナとクロメからなるそのグループは、国内外問わず人気急上昇中のアイドルである。

「どうしてお前らがここに？」

「ミルスタの事務所に呼んでもらえたんよ。前回のオンラインライブが大成功やったから、そのお礼にって」

「へぇ、そうだったのか」

「太っ腹の事務所さんやねぇ。正直……来るかどうか迷ったんやけど、滅多にないチャンスやと思って、とりあえず来ることにしたわ」

シロナが苦笑いを浮かべる。

無事に解決したとはいえ、ミルスタとツインズの間には、多少なりとも確執が残った。お互いに接近を避けるほど大きくはなく、かといって、無視できるほど小さいわけでもなく。ある意味、ほどよい距離感を保てているとも言えた。

「ま、せっかく来たからには、めっちゃ楽しんで、色々と技術を盗んだるわ。な、クロ」

「いや……私はシロに付き合ってるだけだから、別にどうでも……」

「もっとやる気出さんかい！　アホぉ！」

シロナがクロメの肩を小突く。

まるで漫才でもしているかのようなやり取りに、思わず笑ってしまった。

「あ、ウケたで、クロ」

「私は漫才をしたつもりはないんだけど……」

「まあええわ。ひとまず、隣失礼するでー」

シロナとクロメが、座席に座る。

――――何故《なぜ》か、俺を両側から挟む形で。

「……どういうつもりだ？」

「ええやんええやん。両手に花やで？」

「嬉《うれ》しくもなんともねぇな……」

むしろこいつらに挟まれると、妙に落ち着かない気分になる。

何をしでかすか分からないんだよなぁ、こいつら。

「りんたろう。私はまたお前の唐揚げが食べたいんだが」

「あー、それくらいならまた作ってやるよ」

「ついでにスタジオの掃除も頼みたいんだが」

「しまいには金取るぞ、おい」

クロメのやつ、俺を都合のいい家政婦か何かだと思ってないか？

「お金払ったら、りんたろーさん来てくれはるの？　それならナンボでも払うわ」

「……稼いでるやつらに言う話じゃなかったな」

こいつらなら、本当に金を出しかねない。

その点はミルスタの三人と同じである。

「ちな、いくら払えばウチらのところ来てくれるん？」

「いくら積まれてもあいつら以外のところには行かねぇよ」

「そんなぁ、いけずぅ」

「分かってて提案してんだろ……」

「冗談はさておき、アイドルの世話なんてしんどいだけやろ？　ようやっとるわ」

「楽とは言わねぇけど……別にしんどくはねぇぞ？」

俺がそう言うと、シロナは驚いた顔で俺を見た。

「しんどいやろ、絶対。よそではキレイな恰好《かっこう》してるくせに、帰ってきた途端だらしない恰好でダラダラダラダラ……げんなりするやろ、普通」

「そんなにダラダラしてねぇよ」

「はー、やっぱりミルスタはお利口さんの集まりですわ。ウチらなんて、帰ってきたらほぼ下着でウロウロしてるわ。な、クロ」

俺をまたぐ形でシロナが問いかけると、クロはなんでもないことのように頷《うなず》いた。

「……確かに、お前らの世話はしんどそうだな」

「なんでやねん！」

楽しげに笑いながら、シロナがツッコミを入れる。

その様子を見て、俺は内心ホッとする。

出会った頃のシロナには、邪《よこしま》な雰囲気があった。底知れぬ悪意と、行き場のない怒り――あのまま突き進んでいれば、きっとシロナはクロメを道連れにして、取り返しのつかない破滅を迎えていただろう。

他の誰がなんと言おうと、俺はそう確信している。

だからこそ、今の彼女が屈託のない笑みを浮かべているのを見て、心の底から安心したのだ。

「……おおきにな、りんたろーさん」

「急にどうしたんだよ」

「あんたのおかげで、ウチらは今、真っ直ぐ進むことができてる。ウチもクロも、あんたに到底返しきれない恩を感じてる」

「……」

それまで退屈そうに話を聴いていたクロメも、シロナの言葉に同意するように頷いた。

俺は照れ臭くなって、思わず頭を掻《か》く。

「困ったことがあれば、すぐにウチらに声かけてな。りんたろーさんのためなら、ウチらはどこにいたって駆けつけるで」

「……そうかい。それは頼もしいな」

「ふふん、たくさん頼ってな！　花見の場所取りも、頑固な店員から値切りたいときも、ムラムラしたときだって、ウチらを呼んで使うてな！」

「んなことに使うわけねぇだろ……！」

「にゃはは！　ナイスツッコミや！」

そう言って、シロナは再び声を出して笑った。

「あ、そろそろ始まるで！」

会場を見下ろしながらシロナがそう告げると、喧騒《けんそう》がゆっくりと収まっていった。

そして会場に設置されたバカでかいモニターに、今回のクリスマスライブのために作られたPVが流れ始める。

「シロ、私たちもああいう映像流したい」

「せやなぁ……でも、製作費なんぼなんやろ」

隣から業界人らしい会話が聞こえてくる。

アイドルに囲まれながら、アイドルのライブを見届けるなんて、ファンが知ったら卒倒するだろう。

しばらくして映像が終わると、再び静寂が訪れた。

黄色、赤色、青色のスポットライトが、ステージを照らす。そして一曲目のイントロが流れ出し、どこからともなく三人の歌が聞こえてきた。

途端、興奮によって全身に鳥肌が立った。何度も何度も聴いたはずなのに、いざライブとなると、受ける衝撃が何十倍にもなる。

「……この歌声、ますます上手《うま》くなってはるわ」

隣では、シロナが冷や汗をかいていた。

ツインズとライブをしたときよりも、彼女たちのレベルは何段階も上がっていた。ライバルとしては、気が気でないだろう。

いよいよ曲が大きく盛り上がる部分が迫ってきた。そしてステージがさらに強い光で照らされた瞬間、ステージの下から三人が飛び出してくる。すると、会場は耳をつんざくほどの歓声に包まれた。

『みんなー！　今日は来てくれてありがとー！』

『ボクらと最高のクリスマスイブを過ごそうね』

『みんなにとって、今日が特別な日になりますように』

各々《おのおの》がそう言って、本格的に曲が始まる。

完璧に息のあったダンスと、抜群な歌唱力によって紡がれる歌。

彼女たちが観客に手を振るたびに歓声が上がり、会場のボルテージは天井知らずに上がっていく。ファンにとって、ミルフィーユスターズは一種の神様なのだ。

『イブだからって容赦しないわよー！　ついてこれるかしら！』

「「「うおぉおおおおお！」」」

カノンの声に、親衛隊の方々が雄叫《おたけ》びを上げる。

とにかく熱狂的なんだよな、カノンのファンは。

『カノンは相変わらず激しいね……君たちはボクがエスコートするからね』

「「「きゃぁぁ――――！」」」

ミアが投げキッスをすれば、女性たちから歓喜の声が上がる。

三人の中で、もっとも女性人気があるのがミアだ。声をかけただけで卒倒してしまう人がいるくらいに、彼女は多くの人を惑わせている。

『もっともっと盛り上がりたい。みんな、声出して？』

玲《れい》が声をかければ、観客たちはこれまでで一番大きな歓声を上げた。


それから定番の曲と、最近リリースされた新曲を歌いきった彼女たちは、一度ステージから姿を消した。そしてこの日にぴったりのクリスマスソングが流れ始め、観客たちは大いに盛り上がる。

『一年に一度のクリスマス！』

『毎日頑張っている、とってもいい子のみんなには』

『私たちが、とびきりのプレゼントをあげる』

そう告げながら現れた三人は、赤と白を基調とした、まさにクリスマスに相応《ふさわ》しい衣装を身に纏《まと》っていた。赤いトップスにミニスカート、そしてサンタ帽を模したヘッドドレス。

三人の美しいサンタクロースが、俺たちに最高の思い出を届けに来た。

『まだまだぁ！　全力で行くわよー！』

カノンが叫ぶと同時に、会場はさらなる盛り上がりを見せた。

◇
◆
◇

アンコールも含めて三時間以上続いたクリスマスライブは、大成功で幕を閉じた。ライブをやり切った彼女たちの顔は晴れやかで、思わず拍手の時間が長くなってしまったのは、言うまでもない。

終わってしまったのは寂しいが、俺は真《ま》っ直《す》ぐ帰宅するべく、会場を出た。

「うはー、すさまじかったなぁ、ミルスタのライブ」

そんな俺に何故かついてきたシロナが、大きく伸びをしながらそう口にした。隣にいるクロメは何も話さないが、少なくとも、その表情はもう退屈そうにはしていなかった。

「ウチらも負けてられへんな！　なっ！　クロ！」

「そうだね。負けていられない」

ミルスタからいい刺激を受けたようで、二人は闘志を漲《みなぎ》らせていた。

今後、ますますツインズも注目を浴びていくことだろう。

まあ、今はそんな話は別にいいのだ。

「お前ら……なんで俺についてくんの？」

「いやー、りんたろーさんとご飯でも行きたいなー思て」

「飯？」

「このあとお暇？　ウチらとご飯食べてから帰らへん？」

「あー……」

どうせ今日は、玲たちも打ち上げがあるからすぐには帰ってこない。

ライブに来る前に家事は一通り終わらせたし、飯くらいなんの問題もない。

「分かった、いいぞ」

「にゃはは！　そうこなくっちゃ！」

「それで、どこか当てはあるのか？」

「行きつけのお店があるんよ。そこはご飯も美味《うま》いんやで？」

「……も？」

「ほらほら、レッツゴーですわ！」

背中を押され、俺はタクシー乗り場まで連れていかれる。

「お、おい……！」

「タクシーかよ……贅沢《ぜいたく》なやつらだなぁ」

「ウチらがなんぼもろてると思っとんねん。預金口座見せたろか？」

「……遠慮しとく」

見ただけで顔が青くなる自信がある。

「心配せんでも、今日のお代はウチらが全部出しますから。りんたろーさんはなーんも気にせんとついてくるだけでええのよ」

「いや、それはさすがに……」

「遠慮してまうんやったら、ミルスタの子たちの話を聞かせてくれへん？　りんたろーさんがあの子らとどういう生活をしてるんか興味あんねん」

「そんなんでいいのかよ」

「もちもち！　ほな行こか！」

そうして俺は、強引にタクシーへ乗せられた。

「新宿までお願いしますー」

シロナが運転手にそう告げると、タクシーは走り出した。

何故《なぜ》か後部座席に三人で乗り込んだため、かなりギュウギュウだ。しかも会場と同じように、シロナとクロメが俺を挟む形で座っているため、離れようとするともう片方に近づいてしまう。

「りんたろーさん、そんなにソワソワしてどないしたん？」

「お前……分かっててやってんだろ」

「うーん、シロナよく分からんにゃー」

ケタケタと笑いながら、シロナは俺の膝に自分の膝をぶつけてくる。

さっきから太ももや肩が当たりまくっていて、俺の意識はだいぶそちらに削《そ》がれていた。

そして何故か悪戯《いたずら》とは無縁そうなクロメも、やけに体を当ててくる。

「……りんたろうが近くにいるときは、これでもかと体を当てておけとシロが言っていた」

「何を吹き込んでんだテメェ……！」

俺が睨《にら》みつけると、シロナはそっぽを向いて口笛を吹き始めた。

こいつ、いつか絶対泣かせてやる。

「まあええやん。女子からのスキンシップなんて、りんたろーさんなら慣れてるやろ？」

「んなわけあるか……」

「あんな美少女侍《はべ》らせておいて？」

「人聞きが悪い……！」

「でもおかしいやん。結構長く一緒に暮らしとるんやろ？　普通少しは慣れるやろ」

「……」

――確かに。おかしいのはこっちか？

いや、この話は考えたら負けだ。

「こっちは諦めてへんよ、りんたろーさん」

「な、なんの話だ？」

「その家事力をこの身で味わって、ウチらはどうしてもあんたが欲しくなってしもうたんや。相手がミルスタでも関係ないわ。りんたろーさんが自分からウチらのもんになりたいって言いだすまで、これでもかとアピールしたるわ」

そう言いながら、シロナは俺に腕を絡めてくる。

そしてそれを真似《まね》するようにして、クロメも腕を絡めてきた。

「私もまた、りんたろうの唐揚げが食べたい」

「ほら、美少女二人からこんだけ迫られて、今どない気分？　ウチらと一緒に暮らすようになったら、鼻血もんの甘々生活が待っとるで？」

さらに密着度を上げてくる二人。

俺は邪《よこしま》な感情をすべて追い払うべく、タクシーの天井を見上げ、目を閉じた。

「……あれ、りんたろーさん、ちょっと痩せた？」

タクシーを降りた俺を見て、シロナがそんな風に訊《き》いてきた。

自分でも、さっきと比べてげっそりしている自覚があった。

「誰のせいだと思ってんだよ……」

「さぁ～誰やろなぁ～」

分かりやすくすっとぼけるシロナを見て、俺は青筋を浮かべた。しかしもう、噛《か》みつくような元気もない。

「……で、どこに向かおうってんだよ」

降り立った場所は、新宿歌舞伎町。

どこもかしこもギラギラと光っており、まさに眠らない街と言うに相応しい景色だ。

とてもこんな時間に高校生がウロウロしていていい場所には見えないが……。

「こっちやこっち」

そう言いながら、シロナとクロメは歩き出す。

もしはぐれたら、とんでもないことになる。俺はすぐに二人の背中を追いかけた。

どこもかしこも、キャッチや酔っ払いだらけ。確かキャッチって条例で禁止されていた気がするけど、捕まったりはしないのだろうか。

「男連れってええなぁ、クロ」

「うん、全然ナンパされない」

二人が俺を見る。

変装しているとはいえ、それでも隠し切れないほど、二人は美少女である。歩いているだけで声をかけられてしまうのは、もはや必然か。

思えば、玲もミアも声をかけられていたな。

「二人で歩いてると、毎度この辺りのナンパがしつこいねん。ただ歩くだけで大変なんよ」

「そいつは同情するよ……」

ナンパなんてされたことないが、気持ちがまったく分からないわけではない。

見知らぬ人に声をかけられ、下心むき出しでつきまとわれたら、面倒臭いし気持ち悪いに決まっている。

これから行く店は、嫌な思いをしてでも行きたくなるような店なのだろうか。あまりいい予感はしないのだが、ある意味楽しみになってきた。

「ついたで、ここや」

「……ＢＡＲ？」

そこには〝Ｂａｒツインズ〟と書かれた看板があった。

ツインズ。まさかとは思うが、二人に何か関係があるのだろうか。

「まあまあ、とりあえず入ろうか」

「一応聞いておくが、未成年でも入っていいんだよな？」

「……」

「おい……なんだその沈黙」

俺がビビりながらそう問いかけると、シロナは噴き出すように笑った。

「ぷっ、にゃはは！　大丈夫大丈夫。ここの店は未成年でも入れるから！」

「ビビらせんなよ……」

ホッと胸を撫《な》でおろしながら、ため息をつく。

思わせぶりな反応しやがって……。

「色々と気になるところやろうけど、入ってからのお楽しみってことで。ほな行きましょ」

シロナに手を引かれ、俺は店の中へ。

薄暗い入口に設置された扉を潜《くぐ》ると、中はさらに薄暗かった。

バーカウンターに、テーブル席。店の奥には扉が設置されているが、トイレだろうか？

「いらっしゃぁい」

俺たちに向かってそう声をかけてきたのは、バーカウンターにいるムキムキマッチョだった。肩回りを見せたいが故のタンクトップに、パツパツのジーンズ。顔はかなりの強《こわ》面《も》で、悪役レスラーと言われても納得してしまう。

しかし、彼が発した声は、まるで媚《こ》びた猫のようだった。

「まいど～、また来たで、ユメちゃん」

「あんらぁ～シロちゃんとクロちゃんじゃなぁい」

シロナとこの男性（？）は、互いに気さくな挨拶をかわした。

バーのマスターと知り合いって、こいつら一体どういう交友関係を持っているんだ……？

「あら、そちらのナイスなボーイは？」

「りんたろーさん言うてな、ウチらの素敵なステキな連れや」

「へぇ～、どうもアタシ川崎夢吉《かわさきゆめきち》ですぅ。ユメちゃんって呼んでねぇ？」

ねっとりとした視線を向けられ、思わず身震いした。

「り、凛太郎《りんたろう》です……お邪魔します」

「あんらぁ～緊張しちゃってるのぅ？　かんわいいわねぇ！……食べちゃいたい」

「っ!?」

ギラついた視線を向けられた途端、俺の防衛本能が今すぐこの場を離れろと訴えかけてきた。逃げたい。今すぐ逃げ出したい。ここにいては、色々なものを失ってしまう気がする。

「もう、ユメちゃん？　この人はウチらのもんよ！　許可なく食べたらアカン！」

「分かってるわよぉ、シロちゃん」

「まったく……油断も隙もありゃせんわ」

シロナが間に入ってくれたおかげで、俺はなんとか落ち着くことができた。まさか、この二人がこんなにも頼もしく見えるなんて。人生何が起きるか分からないものだ。

「それで、今日はどうしたのん？」

「いつものが食べたいんやけど、いける？」

「もちろんよぉ！　三人分でいいのよね？」

「うん、それで頼むわ！」

「りょうかぁい。あ、奥の部屋使っていいわよ」

「おおきに～」

シロナとクロメは、俺の手を引いて店の奥に連れていく。

そして奥にあった謎の扉を開くと、躊躇《ちゆうちよ》なく中へと入っていった。

扉の奥は、まるでカラオケルームのような一室だった。ＶＩＰルームというやつだろうか？　扉も防音のようで、外の音はほとんど聞こえない。

「秘密基地みたいでええやろ、ここ」

「ああ……でも、なんでこんな店知ってるんだ？」

「実はユメちゃん、半年くらい前までウチらのマネージャーやってん。バーのマスターになりたいゆーて辞めてもうたんやけど、それからもウチらのことは面倒見てくれとるんよ」

「へぇ……」

「来たらなんぼでも食わせてくれるし、専用ルームも貸してくれる。歌の練習とかもできるんやで？」

シロナが指さした先には、カラオケの機械が置いてあった。

カラオケボックスみたいとは思ったが、まさか本当にカラオケができるとは恐れ入った。

「その代わり、ウチらは業界の人にこの店を宣伝する……おかげで芸能人もよく来る店ってことで、結構繁盛してるらしいわ」

「なるほどね……」

「ユメちゃんの作る料理は絶品やで？　特にパスタが美味《うま》い！」

料理と聞いて、俺が気にならないわけがない。

「マスターは何が得意なんだ？」

「ずばり、ナポリタンや！」

「ナポリタンか……！」

思わず目を輝かせてしまう。

簡単な料理と思われがちなナポリタンだが、実はこれも中々奥が深い料理なのだ。二人が絶賛するマスターのナポリタン、ぜひ味わってみたい。

「おまたせぇ～！」

しばらく雑談して待っていると、香ばしいケチャップの匂いと共に、マスターが部屋に入ってきた。

「アタシ特製ナポリタンよぉ～！　さあ、ご賞味あれ！」

「おお……！」

ケチャップが絡んだパスタは、見ているだけで食欲をそそる。具材はウィンナー、ピーマン、たまねぎと、至ってシンプル。とても美味そうだが、今のところ特別なものは感じない。

「おおきにな！　ユメちゃん！　いただきますー」

「いただきます」

食べ始めた二人を追いかけるように、俺もナポリタンを口に運ぶ。

ケチャップの風味はだいぶ濃厚で、太めのパスタによく絡んでいる。炒《いた》めたことによる香ばしさに加え、意外にもニンニクが強めに効いていた。確かにパスタにはニンニクを効かせることが多いが、ここまで強いのは初めてかもしれない。しかし、それが胃袋を刺激して、早く次の一口が食べたくなる。他に特徴としては、ナポリタンには珍しく、辛さを感じた。どうやら鷹《たか》の爪《つめ》が入っているようで、いわゆるピリ辛に仕上がっている。これがまた、俺の食欲を煽《あお》る。

「美味い……！」

「あんらぁ～！　嬉《うれ》しいわぁ！　気に入ってくれたのね？　りんたろ～くん」

「は、はい……」

名前を呼ばれただけで、背中がゾワゾワした。

この人の背中に、何か恐るべきオーラが見える。

「りんたろーさんも気に入ってくれてよかったわぁ。このガツンと来る感じがたまらんのよ」

「相変わらず美味い……！」

シロナもクロメも、一心不乱に食べている。

ナポリタンは、ケチャップの単調な味が故に、個人的には食べ進めていくと飽きてしまうことがあった。しかしニンニクと辛みをしっかり効かせることで、まったく飽きがこないまま食べ進めることができる。

結構ボリュームがあったはずなのに、俺たちは瞬く間に完食してしまった。

「ふぅ……ごちそうさまでした」

――――調子に乗って食べ過ぎたか？

苦しくなった腹を擦《さす》りながら、俺は息を吐く。

「んっん～お粗末様。飲み物用意するわねぇ」

「何から何までおおきにな、ユメちゃん」

「気にしないでぇ？　こっちもシロちゃんたちにはずっと助けられてるんだから」

そう言い残して、マスターは食器を持って部屋を出ていった。

「な、美味かったやろ？」

「ああ、めちゃくちゃ美味かったよ」

俺は口元を拭いて、満足げに頷《うなず》いた。

単調な味のナポリタンを、ひと手間加えて飽きさせないようにする発想……恐れ入った。

これは是非ともあいつらに食べさせたい。

「密談するときは、この部屋使ってええで？　ユメちゃんに話つけとくわ」

「別に密談が必要になる機会なんてねぇよ……」

「ほんまかぁ？　あるやろ、密談くらい。デート中に『ちょっと二人っきりになれるところ行かん？』ってなって、カラオケでチョメチョメするやろ」

「しねぇよ！」

「にゃはは－！」

俺がつっこむと、シロナは楽しげに笑った。

「その様子だと、あの子らとはまだ付き合ってないみたいやな」

「付き合うわけねぇだろ……」

「えー!? なんでなん!? あの子らみんなりんたろーさんのこと好きやろ!?」

「そういうことははっきり言うなって……」

突《つつ》かれたくない部分を突かれ、俺は冷や汗をかく。

「え、誰とも付き合ってないのか?」

「なー、不思議よなー、クロ。あんな美少女たちに囲まれて、あんなことやこんなことしてへんなんて」

「驚いた。てっきり、りんたろうがミルスタを侍《はべ》らせてるのかと思っていた」

そういうことに興味がなさそうなクロメまで、俺のことをそんな風に見ていたらしい。

これは由々《ゆゆ》しき事態だ。このままでは、俺の評判がどんどん悪くなっていく。

「たとえあいつらが俺のことをよく思っていたとしても、誰かと付き合うなんて考えてねぇから」

「まさか……あの子らの気持ちを弄《もてあそ》んで……!?」

「んなわけねぇだろ!……あいつらがアイドルとして活動している限り、そういう関係にはならねぇって決めてるんだ」

「……ふーん、我慢強い人やねぇ、りんたろーさんは」

どこか呆《あき》れた様子で、シロナは言った。

「あの子らはそれでいいって言ってるん？」

「さあな……この話は自分からは振らないようにしてるから」

「ウチが言うのもアレやけど、歪《いびつ》な関係に見えるで、あんたら」

――分かっている。

俺たちの関係は、健全を装いつつも、まったく健全ではない。

この時間が続けば続くほど、きっと彼女たちも不安になっていく。

精神衛生上、そんな環境にいることがいい影響を与えるわけがない。

「……だから、悩んでる」

俺は深いため息をついた。

後回しにしようと思っていた問題を掘り起こされ、俺の頭は思考の波に飲まれていく。

「このままじゃダメなことは百も承知なんだが……どうしていいか分からん。あいつらの気持ちにはっきり答えを出したいって思ってんのに、それがあいつらの立場を脅かすことになる。どう足掻《あが》いても、そこが両立しねぇんだ」

アイドルである以上、俺は誰の気持ちにも応えない。

しかし、それでは俺たちの関係に歪《ゆが》みが生まれていく。

カノンも言っていた。さっさと選んでくれたほうが、気持ちが楽だって。このままでは、皆が皆、苦しむ羽目になる。

「ホンマに律儀な人やなぁ、りんたろーさんは。アイドルを食い散らかすチャンスを前にして、いつまで我慢しとんねん」

「食い散らかすって言うな……」

「にゃはは！　失敬失敬。でも、どうせ誰かと付き合ったところで、誰にもバレないいんとちゃいますのん？　環境が大きく変わるわけでもあらへんし……それに――」

シロナは言いにくそうにしながらも、その先の言葉を口にした。

「付き合ってるにしろ、付き合ってないにしろ、今のあんたらの状況を見たら、スクープは避けられんと思うで？」

「……」

確かにそれを言われちゃ、こっちも終わりなんだよな。

「どうせ結果は変わらんのやったら、付き合ったほうがお得やと思うんやけど……あ、むしろ外の女と付き合うってのは？　ウチとか、今フリーやで！」

「アハハ、カンガエテオクヨ」

「ちょっとくらい選択肢に入れてくれてもええやん……！」

余計な話もあったが、シロナの意見も的外れではない。

良くも悪くも、ツインズの二人は自分の欲望に正直に生きている。それが破天荒さを生み、何ものにも縛られない生き方に憧れを抱いた人たちが、ファンとなって推してくれるわけだ。

彼女の考えは、要はバレなければいいというものだ。しかし万が一にもバレてしまったとき、俺という存在に、すべてを失うほどのリスクと釣り合うだけの価値があるとは思えない。

「……私にはよく分からない話だが、そんなに悩むくらいなら、誰とも付き合わないと宣言してしまえばいいんじゃないか？」

「お前らほんと……ズバッと言うなぁ」

クロメは何を迷っているのか分からないという表情を浮かべ、首を傾《かし》げている。

ここまで言い切られると、むしろ感心してしまう。

「つまるところ、今のりんたろーさんは、止まっても地獄、進んでも地獄というわけやな」

「……ああ、そうだな」

誰も傷つかないで済む方法なんて、ないのかもしれない。

どんなに活路を見出《みいだ》そうとしたって、これ以上の選択肢は出てこないかもしれない。

「だったらちょっとの差でも、後悔の少ない道を選ぶしかないやん」

――――後悔の少ない道……。

「まあまあ、りんたろーさんはウチらのことを後ろ盾にでもしたらええわ。何かあったら、すぐにウチらのところに飛び込んできたらええ」

「ははっ、頼もしいな……いい女アピールか？」

「いい女アピール？　ちゃうやろ。ウチはもともといい女や！」

そう言いながら、シロナが胸を張る。

彼女たちのおかげで、本当になんとなくだけど、光明が見えた気がした。

俺が後悔せずに済む道なんて、もはやひとつしかなかった。

クリスマスライブがあった日の翌日。

朝早く起きた俺は、すぐにキッチンへと向かった。

昨日、ライブの打ち上げから帰ってきた三人は、へとへとな様子で床《とこ》についた。

あの様子では、昼頃まで起きないだろう。

今のうちに、俺はクリスマスパーティーの準備をするのだ。

「まずはケーキの準備だな……」

最高のクリスマスライブを生んだ三人には、とびっきりの褒美を用意しなければならない。

ここまで豪勢な料理を揃《そろ》えることは、年内中にはおそらくないだろう。

俺の集大成を見せるなら、まさに絶好の機会だ。

まずはココアパウダーを混ぜたスポンジを焼き上げる。

焼き上げるまでにかかる時間は、およそ三十分。念のためレシピを確認しながら、その間にクリームを作る。

何分、チョコレートケーキは作ったことがないため、手順に不安があるのだ。練習で作ったときは悪くない出来だったし、問題ないとは思うけど。

「シロップとクリームは、こんなもんでいいかな」

シロップを作るときは、水とグラニュー糖、そしてラム酒を用いる。

ラム酒は、割とお高めのものを使う。これは玲《れい》の母親である莉々亞《りりあ》さんが送ってくれたものだ。もちろん、決してそのまま飲まず、料理に使うと約束した上で。

一度沸騰させるために鍋の中に入れると、ふわりと酒の香りが広がった。酒なんて飲んだことないし、よさはひとつも理解できないけれど、このラム酒の香りは結構好きかもしれない。早く酒を嗜《たしな》める歳《とし》になりたいものだ。

シロップが完成したら、次は全体に塗るクリームを作る。

沸騰させた生クリームに、スイートチョコレートを入れてよく溶かす。

スイートチョコレートとはなんぞやと思う人がいるかもしれない。これはいわゆる乳成分が入っていないチョコレートであり、レシピ本では、ビター、ブラック、ダークなどの名称で記載されることもある。

スイートチョコレートがよく溶けたら、ボウルを氷水につけながら、ミキサーで七分立て程度に泡立てる。

「……うん、生地もいい感じだな」

焼き上がった生地は、満足のいく出来栄えだった。

バターとココアの香りが、リビングのほうまで広がっていく。

我ながら順調だ。

生地が冷めたら、三枚になるように切り、隙間にシロップと泡立てたチョコクリームを塗りたくる。そして全体に対し、パレットナイフを使ってチョコクリームのコーティングを施す。

これで、土台はおおむね完成だ。

「やっぱ、ケーキと言えばイチゴだよな」

そう言いながら、ケーキの中央に半分に切ったイチゴを綺麗《きれい》に載せていく。これは、カノンと食べたフレンチトーストから着想を得た。甘みだけでは飽きてしまうかもしれないし、イチゴの酸味がいいアクセントになってくれることだろう。

最後に砕いたナッツを散らして、ケーキは完成。

あとは冷蔵庫で冷やしておけばいい。

「次はローストビーフとシチューか……」

シチューは煮込む時間もあるし、さっさとその段階まで進めておかなければならない。

鶏肉《とりにく》、ニンジン、じゃがいも、たまねぎを一口サイズに切り、バターを敷いた鍋で炒《いた》める。ほどよく火が通ってきたら、小麦粉を入れてさらに炒め、白ワインを投入。アルコールが飛んだら、コンソメ、そして牛乳をたっぷり入れて、しばらく煮込む。

煮立ってきたのを確認して、クリームチーズを入れる。これでさらに煮込んだあと、味を調整したらシチューの完成だ。

ただ、これではいつも作っているものと変わらない。というわけで秘密兵器を用意しているのだが、これは食べる直前のお披露目といこう。

お次はローストビーフ。

この日のために、いい牛もも肉を買っておいた。

必要以上に高額なものは買わないというのが俺のモットーだが、こういう日は別だ。

ボウルにオリーブオイル、すりおろしたニンニク、塩コショウを入れて、よく混ぜる。それを冷蔵庫から出したばかりの牛もも肉にすり込み、常温に戻るまで放置しておく。

常温に戻ったら、油を敷いたフライパンで全面に焼き色をつける。

ここまで来たら一度火を止め、百二十度にしたオーブンへ。およそ二十五分から三十分ほどじっくりと火を入れる。それが終わったら、粗熱が取れるまで放置。

ローストビーフ用のソースはすぐ作れるため、後回しにする。

まだまだやるべきことは終わらない。

次に作るものは、ローストチキンだ。クリスマスといえばチキン。これを外しちゃ意味がない。

用意したのは、骨つきの鶏もも肉。

塩コショウ、しょうゆ、すりおろしニンニク、はちみつを混ぜたものをつくり、鶏肉に塗る。それでしばらく放置。焼きたてを食べるためには、パーティーが始まる一時間前くらいに焼き始めるのがベストだろう。これも一旦ここで終わりだ。

メインディッシュの準備は終わった。

あとは付け合わせのパンを作れば、料理は一通り終了である。

「おはよう、凛太郎《りんたろう》君」

いざパン作りと思っていると、二階からミアが下りてきた。

珍しく、髪に寝癖がついている。よほど疲れが溜《た》まっていたらしい。あれだけ大勢の前で全力を出し切ったのだから、仕方のないことだ。

――――やべ、そういえば昼のこと考えてなかった。

もうすぐ十二時だというのに、昼食を用意していない。

パーティー料理に夢中になっていたせいで、完全に忘れてしまっていた。

「どうしたんだい？　そんなに慌てて」

「悪い……パーティーの料理を作るのに夢中になりすぎて、昼飯の準備ができてないんだ。もう少し待てるか？」

「ボクは全然大丈夫だよ。寝起きすぎてそんなにお腹空《なかす》いてないしね。料理に夢中になっ

て料理を忘れるなんて、凛太郎君は本当に面白いね」

そう言いながら、ミアはくすりと笑う。

羞恥を覚えた俺は、無意識のうちに頬を掻《か》いていた。

「あ、じゃあコーヒーはどうだ？　今手が空いたから、すぐ淹《い》れられるぞ」

「それならもらおうかな」

「ああ、任せろ」

俺はすぐにコーヒーの準備を始めた。

この感じだと、玲とカノンが起きてくるのはもう少しあとになるだろう。

昼食を作る時間は、なんとか確保できそうだ。

「ちなみに、昼飯で食べたいものはあるか？　早起き特権で、希望があれば聞くぞ？」

「それなら、パスタとかどうかな？　ナポリタンとか」

「ナポリタンか」

俺は思わずにやりと笑った。

ナポリタンなら、ちょうど達人にレシピを習ってきたばかり。

「楽しみにしとけ。めちゃくちゃ美味《うま》いナポリタンを作ってやる」

しばらくして、玲とカノンも下りてきた。

二人とも、起きたてのミアと同じように、髪の毛がボサボサだ。いや、ミアよりも長い分、さらに酷《ひど》いことになっている。

「あらら……これは直すのが大変そうだね」

そう言いながら、ミアが二人の髪を櫛《くし》で整えていく。

二人の顔は、どう見ても寝ぼけている。まさにされるがまま。

ライブのあとは、いつもこうだ。持てる全力を発揮してライブに挑むため、エネルギーを使い果たしてしまうのだろう。

「覚醒まではもう少しかかりそうだね」

「ナポリタンの匂いを嗅がせれば、起きるかな」

「名案だね、それ」

というわけで、俺は早速ナポリタンを作ることにした。

手早くピーマンとたまねぎ、ウィンナーを切り、ざっと炒める。

教えてもらった通り、そこにニンニクを少し多めに入れて、コンソメで味付けをする。

そしてケチャップだけでなく、トマトペーストも入れて、トマト要素を増やしてみた。

最後に鷹《たか》の爪《つめ》を少々。これは欠かせないだろう。

「……この匂いは」

リビングに香ばしい匂いが漂い始めると、玲の目がパチッと開いた。

まさか本当に起きるとは。食い意地が役に立つときがくるとは思わなかったな。

「ん……なんか、いい匂いがするわね」

ナポリタンの匂いで、寝起きが一番悪いカノンまで覚醒した。

恐るべし、食い意地。

「おはよう二人とも。早く顔を洗ってきな。凛太郎君がナポリタンを作ってくれているから」

「ナポリタン……楽しみ」

そう言い残し、玲とカノンは洗面所のほうへ消えていった。

その間に、俺はナポリタンを完成させる。山盛りのパスタをそれぞれの皿に盛り、最後に彩りでパセリを散らす。

鮮やかな色味とトマトの風味、そして強めに効いたニンニクと少しの辛みが、食欲をそそる。我ながら、かなりの再現度だ。

「わぁ……すごいわね……！」

洗顔と歯磨きを済ませ、すっかり本調子になったカノンが、テーブルの上を見て目を輝かせた。続いて戻ってきた玲も、似たような表情を浮かべる。

「本当にいい香りだね。かなりニンニクが効いてる？」

「ああ、たまたま習う機会があってな。それと、ケチャップだけじゃなくて、トマトペーストも使ってみた。味に深みが出て、すごく食べやすくなってると思うぞ」

四人で食卓に着き、手を合わせる。

そして彼女たちが早速ナポリタンを口に運ぶさまを、俺は緊張しながら見守った。

「……！　美味《おい》しい」

「匂いは強いけど、実際に食べてみるとニンニクの風味もちょうどいいくらいだ。これは満足感があるね」

「細かいことはよく分からないけど……味がちゃんと重なってるっていうか、すごくコクを感じるわ！」

どうやらお気に召したようだ。

毎度のことだが、新しい料理を出すときは柄にもなくドキドキしてしまう。

今回も気に入ってもらえたようで、本当によかった。

一瞬でナポリタンを食べきってしまった俺たちは、食後の休憩を取ることにした。

「……あっ！」

突然カノンがハッとしたような表情を浮かべ、玲とミアのほうを見る。

「ねぇねぇ！　あんたたち！」

「どうしたんだい？　そんな騒々しい顔して」

「顔が騒々しいってどういうことよ!?って、そんなことはどうでもよくて……ほら！　あれ忘れてるわ！」

「あれ？……なんだっけ、それ」

「あれよ！　クリスマスライブで忘れてたけど、飾りつけでもしようって話してたじゃない！」

「……ああ！　それか！」

　カノンたちの会話を聞いて、俺は首を傾《かし》げる。

「凛太郎が料理を作ってくれている間、私たちでパーティーの飾りつけをしようって話してた。……今の今まで忘れてたけど」

「そ、そうだったんだな……」

　そういえば、こいつらが留守のときに、色々と荷物が届いていたな。

　自分宛て以外の荷物は開けないようにしているから、何が入っているのか知らなかったけど。

「ほら、ちゃっちゃと動かないと、パーティーに間に合わないわよ！」

　三人は、突然せわしなく動き始める。

詳しい話を聞かされていなかった俺は、その様子をただ見守ることしかできなかった。

「クリスマスと言えば、まずはこれよね！」

そう言ってカノンが引きずるようにして持ってきたのは、飾りつけ用のクリスマスツリーだった。割と背丈があり、広いリビングに置いても、かなりの存在感を放っている。

「ボクとレイは、色々装飾品を買ってきたよ」

「この折り紙を輪っかにして、部屋の周りを飾りつける」

ミアの手には、ベルやイルミネーション用の電球が。

玲《れい》の手には、大量のカラフルな折り紙があった。

なるほど、これを飾れば、確かにますますクリスマスパーティーらしくなりそうだ。

「凛太郎君は休んでていいよ。まだやることも残ってるでしょ？」

「ああ、悪いけどパンを作らなきゃいけないから、すぐには手伝えねぇな」

「大丈夫大丈夫。ボクらだけでもちゃんと進めておくよ」

そう言ってくれるなら、ここは任せてしまおうか。

三人とも楽しげな様子だし、むしろ自由にやらせたほうがよさそうだ。

その間に、パーティー用のパンを作るべく俺は再びキッチンへ。

フランスパンの材料は至ってシンプル。強力粉、ドライイースト、塩、水。初めて作ったときは、材料の少なさにかなり驚いた覚えがある。ただ、その代わりと言ってはなんだが、発酵にはかなりの時間を要する。今からやったのでは間に合わない。そのため、俺はすでに昨日の夜から生地を仕込み、冷蔵庫で発酵させていた。取り出してみると、うん、中々いい感じである。

丸パンのほうは、フランスパンほど時間はかからない。材料は強力粉、砂糖、塩、無塩バター、牛乳、卵、ドライイースト。

フランスパンに関しては、あとは焼くだけで完成するため、一旦後回し。

ここからは、丸パンに集中しよう。材料をボウルに入れて混ぜ合わせ、生地がまとまってきたら、ボウルから出して更にこねる。おおよそ十分以上はこねたほうがいい。たとえ疲れたとしても、手を止めずに続ける。

こね終わったら、ひとまとめにした生地をボウルに戻し、オーブンへ。四十度で一次発酵。これが終わると、生地がかなり膨らんだ状態になる。

ボウルから生地を取り出し、ほどよいサイズに等分する。

そして濡《ぬ》らしたキッチンペーパーを上から載せて、十五分から二十分休ませる。この時間のことをベンチタイムというらしい。

ベンチタイムが終わったら、再び少しこねて、生地を平らに広げる。

そして真ん中を包み込むようにして、ひとつひとつの生地を丸くする。イメージとしては、空気を生地で包み込むような感じだ。

それからまた、四十度に設定したオーブンで、二次発酵を行う。

時間は、一次発酵と同じ三十分から四十分程度。

そして焼く前に、表面に溶き卵を塗る。あとは百八十度前後に予熱したオーブンで、二十分ほど焼けば、ふわふわの丸パンの完成だ。

「よし、この調子でフランスパンも……うおっ!?」

いつの間にか、玲たちがキッチンを覗《のぞ》き込んでいた。

その視線は、ふわりとバターと小麦の香りがする焼きたてのパンへと向けられている。

我ながら美味そうに焼けたし、気になる気持ちもよく分かるが、今食べられてしまったらパーティーに出す分が足りなくなってしまう。

「……お前ら、飾りつけは終わったのか？」

俺がそう訊《き》くと、三人は肩を落としてそれぞれの持ち場へと戻っていった。

よく見れば、どこの持ち場も全然終わっていなかった。

パンの匂いに釣られて、ずっとこっちを見てたんだろうな。


フランスパンも焼き上がり、料理の事前準備はほとんど終わった。

あいつらがあまりにもチラチラ見てくるものだから、一度パンの味見を提案したのだが、夜まで楽しみにしておくと言い張り、結局ひとつも手を付けなかった。

こだわりの強いやつらである。嫌いじゃないね。

というわけで、俺は夜まで暇になった。

やることがなくなったため、玲たちの手伝いをする。

クリスマスツリーに装飾をつけ、折り紙で輪っかを作り、部屋の周りを囲っていく。次第にリビング全体が、クリスマス一色へと変わっていった。

「おお……！　いいんじゃないかしら！」

完成したパーティー会場を見て、カノンがはしゃいだ声を出す。

確かに、突貫工事にしては様になっていると思う。片付けのことを考えると、少しばかり憂鬱な気持ちになるが、今は無視しよう。マイナスなことばかり考えていては、今を楽しめなくなってしまう。

「……どうする？　もうパーティー始めちゃう？」

ミアがそんなことを言い出した。

時刻は十六時を少し過ぎたところ。夕飯にしては、ずいぶん早い時間帯だ。

しかし、普段の夕飯と違って、今日はあくまでパーティーなのだ。

決まった時間に飯を食う必要はない。いつでも好きなものを自由に食べられるような形式にするのも、面白いかもしれない。

「ちなみに、お前ら腹は減ってんのか？　ナポリタン結構多めに作ったつもりだったんだけど……」

「「「減ってる」」」

「満場一致かい」

分かってたことだけど、こいつらの胃袋は相変わらずバグってるな。

昨日のライブで、カロリーを半端なく使っただろうし、仕方ないっちゃ仕方ない。

俺も腹は空《す》いている……というより、早くこいつらの反応が見たい。パーティーを始める準備は、おおむね整っていた。

「それじゃ、最後の仕上げをやっちまうかな」

「最後の仕上げって、何？」

「まあまあ、座ってコーヒーでも飲みながら待ってろよ」

そう言いながら、俺は得意げな笑顔を見せた。


キッチンに移動した俺は、よく冷ましたシチューを耐熱の器によそった。

ここからが仕上げである。耐熱皿を覆うように、俺は冷凍のパイシートを載せた。俺のポリシーからは少し逸《そ》れるが、家でパイ生地を使いたいときは、自分で作らず冷凍パイシートを使うのが、コスパの面において一番だと思っている。

　このまま二百度のオーブンで綺麗《きれい》な焼き色がつくまで焼く。するとパイ生地が膨らみ、立派なパイシチューが完成する。

　ちゃんとドーム状に膨らませるコツは、温かいシチューを使わないこと。シチューが温かいままだと、熱でパイシートが溶けてしまうため、膨らまない原因になってしまう。一見手の込んだ料理に見えるパイシチューだが、注意事項さえ守れば、こんなにも簡単に作ることができるのだ。

　オーブンでパイシチューを焼いている間に、塊だったローストビーフを薄く切り分けていく。上からかけるソースも、この間にちゃちゃっと作っておいた。ローストチキンは、ひとりひとつ、そのままドンと皿に載せた。なんと豪快な皿だろう。食べるのが楽しみだ。

　ケーキは……食べるなら食後だろうけど、お披露目だけしておくか。できれば、一刻も早くあの完成度の高さを見てほしい。

「ようし！　できたぞ！」

　そうして俺は、完成した料理たちを食卓へと運んだ。

「「「おお……！」」」

　テーブル一杯に広がった料理を見て、三人は揃《そろ》って感嘆の声を漏らした。

　三人の目が、キラキラと輝いている。ここまであからさまに喜んでもらえると、本当に作ってよかったと思える。

「こ、これ……パイシチューってやつ!?」

「そうそう。クリスマスと言えばこういうのだろって思ってさ。ただのシチューじゃいつも通り過ぎるし、ちょっと工夫してみた」

「すごい……!　なんだかんだ食べたことなかったのよ!　こういうの!」

カノンは、幼い少女のように喜んでいる。

確かに、意外と食べる機会ないよな、パイシチューって。

「ローストビーフも断面がすごく綺麗だね……見るからに本格的だ」

盛りつけられたローストビーフを眺めながら、ミアがつぶやく。

今回、ローストビーフもかなり旨《うま》くいった。外側の焼き色と相反する、内側の鮮やかな赤色が、なんとも食欲を掻《か》き立てる。

すべてはオーブンの力だ。あれがなければ、今日の料理はひとつも完成しなかった。やはり、持つべきものは高性能オーブンである。

「チキンもすごく大きい……パンも美味《おい》しそう」

すでに玲の口から、よだれが垂れそうになっている。

相変わらず、とてもアイドルがしていい顔ではなかった。

「まだまだ、これだけじゃないぞ」

俺は冷蔵庫から、お手製のチョコレートケーキを持ってきた。

それを見せつけてやると、三人はしばらく言葉を失っていた。

「そ、それ……あんたが作ったの？」

「おう。自信作だ」

「ほんとにほんと……？　市販のやつじゃないのよね!?」

「ああ、間違いなく俺の手作りだよ」

彼女たちの反応が嬉《うれ》しくて、俺はもっと注目してもらうために、テーブルの中央にケーキを置いた。

「い、家でこんなに綺麗なケーキが作れるものなのかい……!?」

「すごい……本当にお店で売ってるやつみたい……」

見た目だけでこんなに褒めてもらえるとは思わなかった。

あとは味次第だが、それはまたあとで楽しんでもらおう。

「ケーキは一旦仕舞っておくぞ。あとで切り分けて食べよう」

コクコクと頷《うなず》くことしかできなくなった三人を見て、思わず吹き出すように笑ってしまった。

ケーキを再び冷蔵庫に戻した俺は、三人と共に食卓についた。

グラスに玲《れい》が取り寄せてくれたジュースをつぎ、互いに顔を見合わせる。

「レイ、かけ声やってよ」

カノンにそう言われた玲は、ひとつ頷いた。

「それじゃあ、乾杯」

「「「乾杯！」」」

グラスをぶつけ合い、乾杯を交わす。

微炭酸のマスカットジュースは、見た目だけならシャンパンのようにも見えた。

そんな見た目になんとなく興奮してしまうのは、俺がまだ子供だからだろうか。

「凛《りん》太《た》郎《ろう》、シチュー食べてもいい？」

「ああ、好きに食っていいぞ」

「……なんだか、割るのがもったいない」

スプーン片手に、玲は固まってしまっていた。

他の二人も同様に、パイシチューをただ眺めている。

「食わなきゃ冷めちまうだろ？　思い切ってザクッとやってくれよ」

「……分かった」

決心した表情を浮かべながら、玲はスプーンを慎重にパイへと近づけていく。

そしてついに、力を込めてパイを突き破った。

「わぁ……！」

割れたパイの隙間から、ふわっとシチューの湯気が出る。

ちゃんと中身も熱々になっているようで、俺は安心した。

「ふー、ふー……」

玲は崩したパイと一緒にシチューを掬《すく》い上げ、息でできる限り冷ましたあと、口へ運んだ。その瞬間、びっくりしながら俺のほうを見る。

「美味しい……！」

「ははっ、そいつはよかった」

内心で胸を撫《な》で下ろす。

そうしている間に、カノンとミアも次々にパイシチューを口に運んでいた。

「わっ……！　めちゃくちゃ濃厚！」

「パイと一緒に食べると、サクサクがいいアクセントになるね。これはたまらないよ」

シチューを一心不乱に食べている三人を見て、俺は何ものにも代えがたい喜びを味わった。

改めて、俺もパイシチューに口をつけてみる。

サクサクとしたパイとシチューが絡み合い、濃厚な味わいが口いっぱいに広がった。我ながらいい仕事をしたものだ。気が早いかもしれないが、来年もまた作ろうと心に決めた。

俺がそんな風に浸っていると、すでに玲たちは、次の料理へと手を伸ばしていた。

「はぁー……でっかいわねぇ」

ローストチキンを手に持ちながら、カノンはそう言った。

「カノン、なんかババ臭い」

「はぁ!? 素直な感想を言っただけなんですけどぉ!?」

悪いが、正直俺も玲と同じ感想だった。

「これってやっぱりそのまま齧《かじ》りついたほうがいいのかな?」

「一応そうやって食えるようにしたけど、ナイフとフォークで食ってもいいぞ?」

そのまま齧る前提で、持ち手になる部分にはアルミホイルを巻いた。

しかし、食べ方に一々口を出すほど、俺は野暮じゃない。

「そうか、でもせっかくだから、このまま豪快に行くとするよ」

そう言いながら、ミアはローストチキンに食らいつく。

そして、すぐに驚いた表情を浮かべた。

「柔らかい……! それにびっくりするくらいジューシーだね」

簡単に噛《か》み切れてしまうほどの柔らかさに、中から溢《あふ》れ出てくる肉汁。

噛めば噛むほどチキンの旨味《うまみ》と、じっくり焼いたことによって生まれた香ばしさが、口の中を喜ばせる。

　これも大成功。今のところ順調だ。

「凜太郎、このローストビーフ、すごく柔らかい」

「お、よかった。そっちも成功みたいだな」

　俺もローストビーフを食べてみる。

　柔らかくて味の濃い牛肉と、すりおろしたまねぎのソースが見事に合わさり、上品な味わいが広がった。これも凄《すさ》まじく美味《うま》い。白米の上に載せて、ローストビーフ丼を作るのもありかもしれない。今度実際にやってみよう。

「このパン、無限に食べられるわ」

　カノンは俺が焼いたパンを、一心不乱に食べていた。

　その様子からして、お世辞ではないことは明らか。

　俺は丸パンのほうを手に取って、二つに割る。中はとてもふわふわしており、小麦とバターの香りが食欲をそそる。

　手で千切って、口に運ぶ。うん、疑いようもなく美味い。

　このままでも十分美味しいが、やはり本命の食べ方は――。

「あ、やっぱりそれよね」

「ああ、結局これが一番美味いんだ」

千切ったパンを、シチューにつける。

濃厚なシチューを纏《まと》ったパンは、そのままのときより何倍も輝いて見えた。

これがまさにハーモニーというやつだろう。


やがて、卓上にあった料理は綺麗さっぱり消えた。

ぶっちゃけ驚いている。我ながら作り過ぎたと思っていたのに。シチューはさすがに残っているけど、あと一杯ずつよそえばなくなってしまう。明日の朝飯にするつもりだったのだが、果たして足りるだろうか……。

「ふー、気持ちいい満腹感ね」

「結構食べた。もうケーキしか入らない」

玲が俺のほうをチラリと見る。

逆にこっちは、まだ入ることのほうが驚きだよ。

「じゃあケーキ切るか」

「待ってましたぁ！」

俺は冷蔵庫からケーキを取り出し、八等分にする。

こういうとき、四人だと簡単に割り切れるから楽だよな。

ちなみに俺は、もう結構腹いっぱいで、これを一切れ食べられるかどうかすら怪しい。

「ほら、切れたぞ」

小皿に取り分け、三人の前に置く。

見た感じ、断面も完璧だ。あとは味が三人のお気に召せばいいのだが――――。

「これを家で作ったなんて、とても信じられないんだけど……」

「凛太郎君はいつもそういう料理を作ってきたじゃないか。今更だよ」

「まあそうだけど……」

三人は同時にケーキを口へ運ぶ。

「「「うまっ……」」」

「ふー……そいつはよかった」

彼女たちの反応を見て、思わず体から力が抜けた。

これで、今日俺が作った料理は全部〝美味しい〟と言ってもらえた。

達成感が、俺の心を満たしていく。

「ありがとう、凛太郎。全部美味しかったよ」

「ああ、伝わってるよ」

玲の幸せそうな笑顔を見て、俺も自然と笑顔になる。

彼女に料理を美味いと言ってもらえることが、俺にとっては世界で一番大事なことだ。

三人は、ケーキすらもぺろりと完食した。

これで一通り食事が終わり、リビングにゆったりとした時間が流れ始める。

すでに洗いものも終わっているため、今日の仕事はもうない。あとはもう、のんびりとこの時間を楽しむだけだ。

「……って、ゆったりしてる場合じゃなかった！」

突然、カノンが慌てた様子で叫ぶ。

何事かと視線を向けると、彼女はものすごいスピードで二階へと駆けて行った。

「どうしたんだ？　あいつ」

「あー、待っていれば分かるよ」

「なんか知ってんのか？」

「うん、まあね」

ミアに誤魔化されてしまった俺は、大人しく待つことにした。

少しして、何やら紙袋を持ったカノンがリビングに戻ってきた。

そしてどういうわけか、ミアと玲がカノンのもとに集まり、何か相談をし始めた。

「持ってきたはいいけど……ど、どうやって渡す？　全員で持って差し出す!?」

「ん、それでいいと思う」

よく分からないが、話はすぐにまとまったようだ。

三人は事態が呑《の》み込めていない俺のもとまで来ると、持っていた紙袋をズイッと差し出してきた。

「凛太郎君、これ、ボクたち三人からのクリスマスプレゼント」

「頑張って選んだんだから、感謝しなさいよね！」

「大事にしてくれたら、嬉《うれ》しい」

思わずポカンとしてしまった。

何度か彼女たちと紙袋を見比べたあと、恐る恐るそれを受け取る。

「あ、ありがとう……」

「早速開けてみてほしい」

「ああ……」

紙袋の中にあったものを、手に取ってみる。

それは、木箱だった。

疑問符を浮かべながら、蓋を開ける。

するとそこには、カノンと行った包丁屋に売っていた、あの牛刀が入っていた。

「これ……！」

「あんたがあまりにも欲しそうにしてたから、三人で協力してプレゼントすることにしたのよ。どう？　気に入った？」

「ああ……！　めちゃくちゃ欲しかったんだ、これ！」

美しい刃は、その切れ味が並ではないことを主張している。

そっと柄を握ってみると、木製故の温かみと、手によく馴染《なじ》む感覚がした。

やはり、素晴らしくいい包丁だ。

「覚えててくれたんだな、カノン」

「当たり前よ！　あんたのことなら大抵……い、いや、やっぱり今のなし」

途中で言葉を止めた彼女は、顔を真っ赤にしてそっぽを向いた。

その可愛《かわい》らしい反応に、思わず笑みがこぼれる。

「ん、喜んでもらえたみたいでよかった」

「カノンの手柄と言わざるを得ないのが悔しいところだけど、凛太郎《りんたろう》君の笑顔が見れたことだし、ボクも満足だよ」

人から何かをもらって、こんなにも嬉しい気持ちになったのは初めてかもしれない。もちろんものがいいというのも大きいけれど、何より三人が俺のことを考えてプレゼントを用意してくれたというのが、とても嬉しかった。

「ありがとうな……お前ら。これを使って、またうんと美味いものを作ってやる」

「……実は、もうひとつプレゼントがあるんだ」

「え？」

「紙袋の中にあるから、もう一度見てみて？」

確認してみると、確かにもうひとつ何かが入っていた。

包みに入ったそれを開けてみると、黒色のエプロンが出てきた。そのエプロンの端には、黄、赤、青の、三つの小さな星形のワッペンがついている。

「ははは、すげぇ可愛いエプロンだな」

「凛太郎のエプロン、かなり古くなってた。だから新しくしたらどうかなって」

「確かに、もうずいぶん古くなってたんだよな……ありがたく使わせてもらうよ」

こんなにいいものをもらってしまった手前、俺の用意したプレゼントがこれに見合う自信はない。しかし、ここまで来て渡さないというのもおかしな話だ。

「ちょっと待ってろ。俺も用意していたものがあるんだ」

そう言い残し、俺は三人のために用意したプレゼントを取りに行った。

このプレゼントで、本当に喜んでもらえるだろうか。

完成させたマフラーを手に取りながら、俺は不安な気持ちを押し殺す。

申し訳なさそうにプレゼントを渡されたら、喜べるものも喜べないかもしれない。

せめて俺だけは堂々としていよう。

「待たせたな」

プレゼントを持って、リビングに戻る。

俺が持ってきたものに興味津々な彼女たちに対し、俺は手編みのマフラーを見せた。

「凛太郎……それって」

「自分で編んだマフラーだ。日頃の感謝を込めてって感じなんだけど……受け取ってもらえると嬉しい」

三人に向かってマフラーを差し出すと、各々《おのおの》が自分のイメージカラーのものを手に取った。そんなにまじまじと見られると、こっちはかなり恥ずかしいんだけど。

「これ……マジであんたが編んだの？」

「ああ、そうだ」

「……編みものまでできんのかい」

呆《あき》れた様子のカノンが、そうつぶやく。

「できるって言うには、簡単なものしか作ってないけどな」

「どう見ても十分でしょうが！　大事にするわよ！」

「お、おう……」

何故《なぜ》か怒りだしたカノンは、勢いよく首にマフラーを巻く。

彼女の赤い髪に、赤いマフラーはよく似合っているように見えた。

「いいんじゃない!?　これ！　めっちゃ可愛いと思う！」

カノンが姿見のほうへ駆けていく。

どうやらずいぶん気に入ってもらえたようだ。

「凛太郎、これすごく温かい」

そう言いながら、玲《れい》もカノンと同じようにマフラーを首に巻く。

そして口元までマフラーで隠すと、嬉しそうに目を細めた。

「これ、ずっと大事にする」

「そんなに褒められると、ちょっとむず痒《がゆ》いっていうか……素材も普通の毛糸だし、特別なことはしてやれなかったっていうか……」

「一から編んでくれただけでも、私にとってはすごく特別なこと。……ありがとう、凛太郎」

「……どういたしまして」

あまりにも照れ臭すぎて、俺は不器用な笑みを浮かべることしかできなかった。

何はともあれ、喜んでもらえてよかった。俺はホッと胸を撫《な》で下ろす。

「……ねぇ、凛太郎君」

「ん？」

今まで黙っていたミアが、急に声をかけてきた。

そしてどこかソワソワした様子で、自分の首を撫でる。

「君が直接、ボクにこのマフラーを巻いてくれないかな？　君にやってほしいんだ」

「え？　まあ、別にいいけど」

よく分からない要望だ。

断る理由は特にないため、俺はミアの首にマフラーを巻き始めた。

「ちょっ……近いって！」

「ん……この手があったか」

姿見のもとから戻ってきたカノンと玲が、悔しげな顔でこっちを見ている。

そんなに重要なことか？　これ。

「ほいっと……これでいいか」

「…………あ、ありがとう」

綺麗《きれい》に巻いてやると、何故かミアの顔が真っ赤になっていた。

そんなに照れる要素あったか？　これ。

「本当にありがとう、凛太郎君。このマフラー、ボクも大事にするから」

「ああ、そうしてくれると嬉しい」

集まった三人は、お互いのマフラーを自慢し始めた。

色が違うだけで、全員同じマフラーなのに……おかしな連中だ。

――――こいつらと出会えてよかった。

この空間は、俺を肯定してくれる。ここにいていいのだと思わせてくれる。

俺と彼女たちの間には、いつだって明確な一線が引かれている。その線があるからこそ、俺たちはこうして四人でいられるのだ。

しかし、その一線が徐々に掠《かす》れ始めているのを感じる。俺たちが一緒にいられる時間が、刻一刻と減っているように思えるのだ。

こんなにも心が満たされているのに、どこか寂しい。

「……凛太郎？」

「ん？」

「どうしたの？　具合悪い？」

「あ、ああ、大丈夫。ちょっと食い過ぎて胃もたれしてるだけだ」

「……そっか」

いつの間にか、暗い顔になっていたらしい。

すぐに笑みを作り、三人のもとに歩み寄る。

俺の中にある悩みは、少なくとも今この場で考えるようなことじゃない。

今はただ、この時間を楽しもう。

◇◆◇

「ん……」

目を覚ますと、そこはリビングだった。

寝ぼけ眼《まなこ》で周囲を見回すと、クリスマスの飾りつけが目に入る。

ああ、そうだった、思い出した。昨日はあれからテレビゲームをしたり、映画を観たりして、夜遅くまで四人で騒いでいた。しかし途中で力尽きて、最終的に全員がここで寝落ちしたんだ。

――ちゃんとベッドで寝ればよかった。

カーペットの上で寝たせいで、体がガチガチだ。

特に背中が痛い。痛みに耐えながらなんとか体を伸ばし、俺は立ち上がる。

まず安心したのは、ジュースをこぼしたり、食べものを落としたりといった形跡がないこと。

最後のほうは深夜テンションになっていたため、ほとんど記憶がない。

ばかすか酒を飲んだ次の日って、もしかしたらこういう感覚なのかもしれない。

「ん……？」

視線を落とすと、玲が床に転がっているのが確認できた。

この家にはアイドルが落ちています——なんて、言っている場合じゃないか。

俺のそばで寝ていた理由は知らないが、このままじゃ玲もガチガチの体で起きる羽目になる。それは少し可哀想《かわいそう》だ。

「……気持ちよさそうに寝やがって」

安らかな寝息を立てる玲を、抱えて持ち上げる。

この軽い体のどこに、あれだけのパフォーマンスを生む力があるのだろう。

あと食べた飯はどこに行ってるんだろうか。冗談抜きで本当に気になっている。

このまま本人の部屋まで連れて行ってしまおうか迷っていると、ソファーの様子が目に入った。

ソファーでは、ミアとカノンが寝ていた。転がっていた玲と同じように、寝息を立てている。この様子だと、起きるのはしばらく先になるだろう。

「……」

俺はなんとなく思い至って、玲をソファーへと連れて行った。

そしてミアとカノンの間に、そっと彼女を下ろす。

すると左右にいた二人が、玲のほうに身を寄せ始めた。ただの身じろぎが偶然そうなったのか、それとも意識はなくとも本能的に体を動かしたのか、そこは分からない。寄り添い合って寝ている三人は、まるで姉妹のようにも見えた。我が家自慢の美人三姉妹だ。

「……バカらしい。顔でも洗ってくるか」

自分のおかしな思考に、思わず苦笑いを浮かべる。

俺は毛布を人数分持ってきて、それぞれにかけた。

今のうちに、シチューを温めておこうか。どうせ起きた途端に、腹が減ったと言い出すに決まっている。

俺は顔を洗ってから、三人からもらった星マーク付きのエプロンを着けて、キッチンに立った。

第九章　ぶらりデート

I don't want to work for the rest of my life, but my classmates' popular idol get familiar with me.

二十七日の午前中――――。

俺は駅前で、人を待っていた。

いつかと同じようなシチュエーションだと思っただろう。

その感想は、あながち間違っていない。

「凛太郎《りんたろう》、お待たせ」

「おう」

待ち合わせ場所に現れたのは、玲だった。

俺は今日、玲と出かける約束をしていた。

玲が俺とイルミネーションを見に行きたいと言うから、それに付き合うことにしたのだ。

本人的にはクリスマス当日に行きたかったらしいのだが、さすがにそれは難しかったということで、今日になった。

イルミネーションを見たいだけなら、夜から集まればいい。しかしそれでは寂しいという話になり、朝から出かけることにしたのだ。

「毎度思うことなんだが、どうしてわざわざ駅前で待ち合わせするんだよ」

「そのほうが気分が上がるから」

「カノンはそのほうがリスクが少ないからって言ってたけど……」

「それは建前。待ち合わせしたほうがデートっぽい」

「……なるほどね」

どうやら、ただのこだわりだったようだ。

逆にそう言い切ってもらえたほうが、すっきりできていい。

「……凛太郎」

「ん？」

「この前のカノンとのデートでは、手を繋《つな》いで歩いたんでしょ？」

「……どうしてお前がそれを」

「カノンが自慢してた」

なんでそんなこと自慢してんだ、あいつ。

「だから私も繋ぐ」

「おい……変装してるからって、一応周りを警戒したりしながら——」

「異論は認めない」

「……」

玲《れい》はこうなると頑固なんだよな。

こいつの変装は、自分の高校の文化祭に来てもバレなかったくらいには完璧だ。

そのことを考えると、俺が気にしすぎなのかもしれない。

というか、どうせ折れてくれるわけがないのだから、従うしかあるまい。

「じゃあ……ほい」

「んっ」

玲は嬉《うれ》しそうに俺の手を取った。

俺と彼女の手の温度が、ゆっくりと混ざり合っていく。

「どこ行く？」

「……なんにも決めてねぇんだよなぁ」

遠い目をして、天を仰ぐ。

集まったはいいけど、本当にやることがない。

「適当にぶらぶらするか」

「ん、そんな日があってもいい」

そう言って、俺たちはのんびりと歩き出した。

冬の風を感じながら、俺たちは街を歩く。

本当は今日、ミアとカノンも含めた四人でイルミネーションを見に行こうと思っていたのだが、ミアは日本に戻ってきた両親と食事に、カノンは弟たちの宿題を見るために実家に戻ってしまった。……という経緯があって、最終的に俺と玲だけで行くことになったのである。

「ん……コーヒーの香りがした」

歩いていると、玲がふとそんなことを言い出した。

周囲を見回してみれば、キッチンカースタイルのカフェを見つける。匂いの出どころはあそこのようだ。

「いい香りだな」

「コーヒー飲みたくなってくる」

「じゃあ買うか」

俺もちょうど飲みたいと思っていた。

人気なのか、キッチンカーの前には数組の列ができていた。

列に並んでしばらく待つと、俺たちの番がやってくる。

「ご注文は？」

気前の良さそうな男性が身を乗り出し、俺たちにそう問いかける。

「ホットのブレンド二つで」

「ホットのブレンドですね、かしこまりました」

お代を受け取った男性は、早速俺たちのコーヒーを淹《い》れ始める。

その後ろ姿がやけに楽しそうで、俺は笑みを浮かべた。

「どうしたの？」

「ああ、やけに楽しそうだなって」

そう言って視線で誘導すると、玲は納得した様子で頷《うなず》いた。

「コーヒーが本当に好きなんだろうな。気持ちは分かるけど」

「このお店も趣味だったりするのかな」

「ああ、そういう人もいるよな」

世の中には、金持ちが税金対策でお店を開くなんてこともあるらしい。

俺には想像もできない世界の話だが、もしかしたら彼も、そちら側の人なのかもしれない。

コーヒー好きの淹れるコーヒーか。とても楽しみだ。

「お待たせしました、ホットのブレンド二つです」

「ありがとうございます」

二つとも受け取り、玲に片方を渡す。

もちろん、ミルクと砂糖も一緒に。

近くのベンチに座って、俺はコーヒーに口をつける。

「……うん、美味《うま》い」

豆は中煎りだろうか。苦味と酸味のバランスがちょうどいい。

かなり豆にもこだわっているようで、口当たりにまったく癖がない。

これはコーヒー好きどころか、コーヒーのプロかもしれない。どんな味にすれば多くのお客さんに楽しんでもらえるのか、色々と研究したんじゃなかろうか。

俺も毎日のようにコーヒーを淹れているけど、毎回こんなに上手《うま》くは淹れられない。

「……いただきます」

そう言いながら、玲がコーヒーに口をつける。

しかし俺は、彼女がミルクも砂糖も入れていないことに気づき、慌てて肩を叩《たた》く。

「おいおい、それブラックだぞ……大丈夫か？」

「うん。凛太郎が美味《おい》しいって言うコーヒー、まずはそのまま味わってみたい」

「……なるほど、そういうことだったか」

入れ忘れていたわけじゃないと分かり、俺は安心する。

さて、このコーヒーは玲の口に合うだろうか。

「……おい、しい？」

そう言って、玲は首を傾《かし》げた。

なんとも微妙な反応である。

「どうした？　なんか変か？」

「ん……苦いけど、飲める。なんだか飲みやすい？」

「ああ、店主のこだわりなんだろうな。万人受けする味にしてるんだと思う」

「これなら、全部飲めるかも」

玲は嬉しそうにコーヒーに口をつける。

この様子なら、家でも豆次第で玲が飲めるブラックコーヒーを淹れてやることができるかもしれない。この味をできる限り再現するために、今後はもっとドリップの練習をしよう。

「そういえば……凛太郎ってなんでコーヒーが好きになったの？」

「あー、話してなかったっけ」

「聞いてなかった気がする」

確かに話した覚えもない。

「優月《ゆづき》先生のところでバイトするようになったとき、作業のお供にスタッフさんが淹れてくれたのがきっかけでさ。初めは俺も苦くて飲めなかったよ」

「……想像もできない」

「だろうな。そんでブラックを飲むようになったのも、スタッフさんたちの影響だよ」

あの仕事場で、ミルクと砂糖を入れて飲むのは俺だけだった。

それがなんとなく恥ずかしくて、子供だから仕方ないって思われたくなくて、無理やりブラックを飲むようになった。

最初は、ただの見栄《みえ》だったわけだ。

「いつの間にか、ブラックで飲めるようになってたんだよなぁ……いつからっていうのは具体的には分からねぇけど」

「私も飲み続ければ、いつかは好きになれるかな？」

「なれるんじゃないか？　俺もお前が飲みやすいと思えるように、もっと上手く淹れられるようになるよ」

「ん……それはありがたい」

そう言って、玲は安心したように笑った。

今思えば、こいつもよく笑うようになったもんだ。

最初の頃は、何を考えているのか分からないくらい表情が乏しかった。今でも周りの連中と比べると、こいつの持つ雰囲気はかなり独特だ。しかし、俺は着実に、彼女の心の変化を敏感に感じ取れるようになっていた。

……ぐぅ。

「ん……？」

腹の鳴る音がして、俺は玲のほうを見る。

「……お腹空《なかす》いた」

「ははっ、いつも通りだな」

時間はまだ十一時だが、まあ、昼時と言っても差し支えないだろう。

「どっかでちゃちゃっと飯でも食うか！　何か食いたいもんはあるか？」

「あ、それなら行きたいところがある」

「お、どこだ？」

「油そば」

――おお、だいぶガッツリ系が来たな。

玲の要望通り、俺たちは油そばの店へと向かった。

この近辺だけで何軒もあったのだが、どこが美味いとかよく分からない俺たちは、一番口コミがよさそうな店を選んだ。

「おお、ここもちょっと並んでるな」

店の前につくと、さっきのカフェと同じように列ができていた。

かなりの人気店らしい。外の看板には、テレビで取材を受けたとか、有名ミーチューバーが来店した、とか、宣伝文句がこれでもかと書かれていた。

「少し待つだろうけど、大丈夫か？」

「ん、ここまで来たら絶対食べたい」

「よし分かった。じゃあ並ぶぞ」

そうして俺たちは、油そばの列に並んだ。

「凛太郎《りんたろう》は、油そば食べたことある？」

「ああ、まあ何度か」

祐介《ゆうすけ》と竜二《りゅうじ》に誘われて、何回か行ったことがある。

特に竜二のほうは、見かけ通りラーメン好きで、色んな店を自分の足で回っているそうだ。三店舗くらいはしごしたことがあるとか語っていたが、塩分量を想像して、ちょっと引いた。

しかし自分の舌で確かめているからこそ、竜二が行きたがる店はどこもめちゃくちゃ美味い。その熱意を勉強のほうに回せと言ってやりたいところだが、最近はめちゃくちゃ頑張っているため、もはや言うことがない。

「スープがないって聞いた」

「ああ、スープじゃなくて、油とタレを麺に絡めて食べるんだ」

「へぇ……！」

期待の表情を浮かべながら、玲《れい》は小さく体を揺らす。

相当楽しみにしているのが、全身から伝わってくる。

「早く回ってこないかな」

「ははっ、そうだな」

子供のように目を輝かせている玲を見て、俺は自然と笑っていた。

しばらくして、俺たちは入店することができた。

まずは食券を買って、それからカウンター席へ。玲は食券制自体初めてではないものの、まったく慣れていないらしく、俺のサポートでなんとか購入を果たした。

――にしても、特盛のトッピング全部載せか……。

玲が購入した食券を見て、俺は冷や汗を浮かべた。

ちなみに俺は、大盛のチャーシュー増し。どれだけ腹が減っていたとしても、特盛全部載せは完食できない気がする。

「これを店員さんに渡すんだよね？」

「ああ。そのとき味の濃さを訊《き》かれるから、薄い、普通、濃いの三段階で選ぶんだ」

「おすすめはある？」

「初めてきた店だし、普通でいいんじゃないか？」

「ん、分かった。じゃあ普通にする」

カウンター越しに、店員に食券を渡す。

「お兄さん、味の濃さは？」

「普通で」

「普通で！　かしこまりました！　お姉さんは……」

活気に溢《あふ》れた店員が、玲の食券を見て目を見開く。

「えっと……お姉さん、これ特盛だけど、大丈夫？」

「大丈夫です。食べ切れます」

「そ、そうですか……」

疑われているというより、困惑されているように見えた。

そりゃ、無理もないわな。はたから見れば、とても大食いできるようには見えないし。

「あ、味の濃さは!?」

「普通で」

「普通で！　かしこまりましたー！」

困惑しながらも、店員は己の使命をまっとうし、注文を取った。

さて、あとは待つだけだ。

「店中いい匂い……ますますお腹が空く」

「だな」

見回せば、みんな一心不乱に麺をすすっている。

その様子がとにかく美味そうで、俺たちの空腹をさらに加速させていた。

「へい、お待たせしました！　こちら大盛のチャーシュー増しと、特盛の全部載せです！」

それから少しして、俺たちの前に油そばが着丼した。

テラテラとした黄色みがかった麺の上に、メンマ、ネギ、海苔《のり》、チャーシューがこれでもかと載っている。とにかく美味そうだ。

「美味しそう……！」

玲が自分の前に置かれたどんぶりを見て、目を輝かせる。

俺の器と比べると、そのどんぶりの大きさは一・五倍ほどだろうか。どんぶりの中には麺がどっさりと盛られており、その上には大量のトッピングが載っていた。

まず普通のトッピングがすべて倍になっていて、それ以外にも、温玉、もやし、キムチ、マヨネーズ、チーズなどが大量に追加されていた。

これはとても食べ切れん。さっきの店員も、心配そうな表情を浮かべ、チラチラと玲のほうを気にしている。そうなる気持ちはよく分かる。

「いただきます……！」

「……いただきます」

どんぶりの大きさには面食らったが、どうせ玲なら食べ切れる。

今俺がやるべきことは、目の前の麺に集中することだ。

「そうだ、まずはよくかき交ぜるんだぞ。底のほうに油とかタレがあるから、麺を絡めるようにするんだ」

「分かった……！」

玲は楽しそうに麺を交ぜ始める。

俺も隣で同じように交ぜているのだが、まったく規模が違うため、なんだか不思議とみじめな気分になった。これでも一応大盛ではあるんだけどな。どうして少なく見えてしまうのだろう。

「もう大丈夫かな」

「ああ、全体が交ざってるし、いい感じじゃないか？」

俺がそう告げると、玲はさっそく麺をすすった。

そして目を輝かせながら、すぐに俺のほうを見た。

「美味《おい》しい！」

「そいつはよかったよ」

俺も玲を見習って、勢いよく麺をすする。

ああ、これは確かに行列ができるのも納得の味だ。ガツンとした醬油《しょうゆ》ベースのタレと、油から感じられる甘みが、高いレベルで調和してる。食べれば食べるほど次を口に運びたくなり、箸が止まらない。

隣では、玲も夢中になって箸を動かしていた。空腹に対して、このハイカロリーな味わい……そりゃたまらんわな。

「ラー油かけたらますます美味《うま》いだろうな……」

そうつぶやきながら、卓上にあったラー油を麺に回しがける。

ラー油の辛みと風味が麺に合わさり、さらに俺好みの味に仕上がった。

こういうときにふと考えてしまうのが、これを家で作れるのかどうかという疑問。タレの作り方さえ分かればなんとかなりそうだが、きっと店で食べるときとは、また違ったものになってしまうだろう。シチュエーションというのは、食においてかなり大事な要素だ。

「凛太郎、私もラー油ほしい」

「ん？　ああ、ほら」

玲にラー油を渡すと、俺と同じように麺に回しがける。

そしてまた箸を動かして、頬を緩めた。

「美味しい。この店に来てよかった」

「ああ、まったくだ」

俺たちは、一心不乱に麺を食べ進める。

その途中、急激に胃が重たくなり、俺の食べるペースがガクッと落ちた。

——大盛でもだいぶ多いんだな……。

苦しくはなってきたが、食べ切れないことはない。

そんな俺と比べて、玲の食べるスピードはまったく落ちていなかった。

すでに全体の三分の二が彼女の胃袋の中に消え、残りも今まさに丼の底から掬《すく》い出されようとしていた。

これは負けていられない。俺も負けじと手を速める。

……まあ、最初の量が違う時点で勝負にすらなっていないのだが。

「ふう……ごちそうさまでした」

そうして結局、玲はあの特盛油そばをぺろりと完食してしまった。

これでまったく苦しそうにしていないのが、こいつの恐ろしいところである。

——なんなら、まだ食べられそうな顔してるし。

こっちは腹がギチギチだっていうのに。

「お……お姉さんすごいね。あれを完食したんだ」

「はい、美味しかったです。ごちそうさまでした」

「いえいえ、ありがとうございました……」

店員とそんなやり取りをしたあと、俺たちは店を出る。

退店際、あの店員が玲に向かって拍手を送っているのが見えた。


……腹が苦しい。

しかし、動けないほどではない。

「凛太郎、大丈夫？」

「ああ、大丈夫だ。でもちょっとゆっくり歩いていいか？」

「うん。のんびり行こう」

玲がそう言ってくれて助かった。

歩けば歩くほど、きっとこの満腹感も薄れていくことだろう。

「お笑いライブやってまーす！　お笑いライブどうですかー！」

「ん？」

歩いていると、道端でそんな風に叫んでいる人を見かけた。

「お笑いライブだって。興味あるか？」

「行ったことないから、ちょっと気になる」

「俺もだ」

思い立ったが吉日。

俺と玲は、案内に従ってお笑いライブを見に行くことにした。

たどり着いた場所には、地下に延びた階段があった。ぱっと見では怪しさ満点だが、ちゃんとお笑いライブの張り紙が貼ってあった。どうやら複数のコンビが、合同で開いたイベントらしい。

二人で入場料を払い、会場の中へ。

会場は思っていたよりも狭く、座席の数はせいぜい三十前後といったところか。

「つーか、全体的に薄暗いな……」

「地下の会場は、大体こんなものだと思う」

「へぇ……」

「多分、普段は音楽ライブに使われてるんだと思う。ステージの端に機材とかある」

「あ、ほんとだ」

よく見れば、ドラムやアンプが隠されている。

あれを見ると、文化祭でバンドを組んだときのことを思い出す。久しぶりにベースの練習しようかな。まだ一曲しか弾けないし、せっかく譲ってもらったのだから、もう少し上《う》手《ま》くなりたい。

「そういえば、お前らにもライブの練習に付き合ってもらったっけ」

「ん、懐かしい」

「まだ半年も経《た》ってねぇけどな」

そうツッコみながら、俺は自分の言葉に驚く。

文化祭があったのが九月だから、まだ三か月しか経っていないことになる。そんなバカなと言いたくなった。感覚的には、もう一年前くらいな気がする。それだけ日々が濃密ということだろうか？

「面白いといいね」

「え？　あ、ああ、そうだな」

玲《れい》が放った一言で、俺は顔を引き攣《つ》らせる。

きっと彼女に悪気はないのだ。悪口や嫌みを言える性格じゃないことは分かっているし、今の言葉だって、純粋にこのライブを楽しみたいという気持ちから出たものだろう。しかしこの発言を出演者が聞いていたら、かなりのプレッシャーになってしまうに違いない。

「ん、そろそろ始まるみたい」

席に座って待っていると、楽しげな音楽が鳴り始めた。

そして最初の出演者が、ステージ上に現れる。

「「どうもー！　マダラメロンです！」」

――その名前はどうかと思うぞ。

「……」

「……」

それから一時間ほど芸人のライブを観ていた俺たちは、無言で会場をあとにした。この空気で察してほしいのだが、うん……まあ、良くもなく、悪くもなく。芸人からすれば〝つまらない〟よりも言われたくない言葉かもしれないが、もうそう言うしかないのだ。

「……面白いところもあったね」

「ああ……」

そう、面白いところもあった。

面白いところと、面白くないところがあった。

塩梅《あんばい》がなんとも絶妙で、面白いと思った直後に白けるやり取りがあり、ずっとその高低差を味わわされていた。

「芸人って大変だよな……客の反応が悪くても、最後までやり切らないといけないんだから」

思ったことをそのままつぶやく。

俺たちは、多分いい客とは言えない。俺も玲も口を開けて爆笑するタイプじゃないし、会場の盛り上がりには一切貢献できなかった。それでも芸人たちは、最後まで自分たちの漫才をやり切った。

笑いとは別に、どこか感動してしまった。

「収録で出会った芸人さんたちも、ああいう時代があったのかな」

「そうか、お前は売れてる人たちとも会ってるもんな」

バラエティに出演した際は、玲も一流の芸人たちと顔を合わせている。

テレビで活躍している人たちは、やっぱりそこにいられるだけの技術とハートの強さを持っているのだろう。

さっきの出演者たちは、全員芸歴の浅い新人だった。まだまだこれからということなのだろう。いつか、彼らを地上波で見ることがあるかもしれない。

「テレビで会う芸人さんは、みんな面白い。収録の裏でも、笑わせようとしてくれる」

「へぇ……やっぱり芸人ってすげぇな」

「でも、危険な人もいる」

そう言いながら、玲はどこか不満そうな表情を浮かべた。

「芸人さんに限らないけど、連絡先とかしつこく訊《き》いてくる人は、ちょっと危ない。私たちは近寄らないようにしてる」

「おいおい……未成年をナンパしようとするやつなんているのか?」

「たまにいる。どういう意図かは分からないけど」

どういう意図かなんて、そんなの分かり切っているだろう。

俺は自分が怒りを覚えていることに気づいた。

「……気をつけろよ、ほんとに。玲が狙われるのは当たり前なんだから」

「どうして?」

「どうしてって……そりゃお前が可愛《かわい》――」

はっきりぶちまけそうになって、俺は慌てて口を閉じる。

恐る恐る隣を見ると、玲は目を細め、からかうような笑みを浮かべていた。

「そっか、凜太郎《りんたろう》は私のことを可愛いと思ってくれてるんだ」

「……口が滑った。忘れろ」

「やだ。忘れない」

玲は無邪気に舌を出して、俺を挑発する。

これはもう取り返しのつかない事態だ。だったら開き直るしかない。

「……お前は可愛いよ。ずっと前から」

その言葉は、自分でも信じられないくらいスムーズに飛び出した。

小さい頃、俺は玲と会っていた。俺が料理好きになったのは、玲の影響だったんだ。

あの頃から、玲はずっと魅力的だった。その魅力は、今もなお増し続けている。そして俺の胸に秘めたこの想《おも》いも、看過しきれない大きさになっていた。

「お前が俺の世界を変えてくれたんだ。だから、その……ありがとな」

急に照れ臭くなって、最後は言葉を濁してしまった。

しくじった感は強いけど、なんだか妙にすっきりしている俺がいる。

「恥ずかしいから……あんまり言わせんなよ――――って、どうした？」

「……凛太郎、それは反則」

玲は顔を真っ赤にしながら、こちらを見つめていた。

どうやら、俺の言葉が彼女を照れさせてしまったようだ。

ここからは一転攻勢。俺のターンというやつである。

「あらら、玲さんや……照れてしまいましたか」

「凛太郎にそんなこと言われたら、絶対照れる」

「そうかそうか」

満足げに頷《うなず》いた俺を見て、玲はどこかムッとしたのだろう。

突然俺の手を取って、その体を寄せてきた。

「なっ……」

「今日は手を繋《つな》いで歩くって決めたから」

「だからってこんなくっつかんでも……」

「だめ？」

「っ……」

相変わらず、こいつの上目遣いは最強だ。

やっぱり、誰もこの魅力には敵《かな》わない。

「……分かったよ。はぁ、結局お前のペースじゃねぇか」

「まだまだ若い人には負けない」

「同い年だって」

どこか噛《か》み合っていないような、それでいていつも通りの会話をしながら、俺たちは歩く。

さて、まだまだ時間は残されている。

次なる目的地を考えながら歩いていると、不意に面白そうな看板が目に入った。

「凛太郎、あそこ面白そう」

「ああ、俺も同じこと考えてた」

俺たちの視線の先にある看板には〝猫カフェ〟と書かれていた。

「なんだかんだ行ったことねぇな……猫カフェって」

エレベーターで猫カフェのある階を目指しながら、俺はつぶやく。

別に猫が嫌いとか、そういうことではなくて、単に行く機会がなかったというだけの話である。

「凛太郎、猫好き？」

「んー、まあ好き……かな？」

「微妙？」

「いや、なんつーんだろうな……寄ってくるんだよ、あいつら」

何故《なぜ》か分からないが、外を歩いていると野良猫たちが寄ってくるのだ。

餌をやってるわけでもないのに近づいてくるものだから、こっちとしても不思議に思っている。

「羨ましい。猫は好きだけど、あまり触った経験がない」

「まあ家で飼ってたりしねぇと、中々触れ合えねぇよな」

「ん、だから楽しみ」

そんな話をしているうちに、俺たちは目当ての階にたどり着いた。

エレベーターを降りて、猫カフェと書かれている扉を開ける。

「いらっしゃいませー！　何名様でしょうか？」

「二人です」

「かしこまりました！　こちらへどうぞ！」

小柄で可愛らしい女性の店員が、俺たちを出迎えた。

案内された席は数人掛けのソファーで、ゆったりくつろぐには最適だった。

「すげぇ……本当に猫だらけだな」

座りながら周囲を見回すと、至るところに猫の姿を見つけることができた。どうやら十六匹の猫がいるらしく、各々《おのおの》が店内で自由に過ごしているようだ。

少量だが、餌をあげる体験もできるようだ。そういうもので近づいてきてもらうんだろうな、多分。

ワンドリンク制だったため、二人で適当に飲み物を注文して、一応餌も買ってみた。

そして書いてあった通り、本当に少量の餌が俺たちのもとに運ばれてきた。あげ過ぎたら猫たちが不健康になってしまうし、きっとこれも計算された量なのだろう。

「わっ、すごい……」

玲がそう言うと、突然一匹の猫が俺の膝に跳び乗ってきた。

何事かと混乱する俺を、何故か猫はジッと見つめている。

「本当に集まってきてる」

「……なんでだろうな」

それから一匹、また一匹と、俺のもとに猫が集まってきた。

どいつもこいつも、どういうわけだか俺の周りでゴロゴロし始める。

少なくとも、嫌われているわけではなさそうだ。しかし、不思議と好かれている感じもしない。

「もしかしたら、凛太郎のことを仲間だと思ってるのかも」

「仲間？」

「凛太郎、ちょっと猫っぽいから」

確かによく猫かぶってるけど……。

「まさかお前ら、俺のこと同族だと思ってんのか？」

俺の膝で転がる猫に話しかけてみる。

するとその猫は、ビクッと体を震わせたあと、俺から距離を取ってしまった。

「こいつ、人間の言葉喋《しゃべ》ったぞ!?」とでも言いたげな顔をしていた。

「……マジで同族だと思われてる？」

「そうかも」

玲《れい》は笑っているが、こっちとしては結構ショックな出来事だ。

野良猫が集まってくるのも、俺を仲間だと思ったから？

「なんかおかしいと思ってたんだよな……最初から全然警戒されてねぇんだもん」

「羨ましい。私も猫に囲まれたい」

「餌使ってみるか？」

「ん……そうする」

玲はそばにいた猫に、餌をちらつかせる。

餌に反応した猫は、慎重に玲に近づき、そしてその膝へと跳び乗った。

「んっ……！　来てくれた」

「ああ、よかったな」

玲から餌をもらった猫は、なんとそのまま膝の上で丸くなってしまった。

――ちょっとばかし羨ましい。猫のほうが。

「……お前らも、俺なんかじゃなくてあいつのところ行ったら？」

近くでゴロゴロしている三匹の猫に、そう言ってみる。

猫たちはこっちを一瞥《いちべつ》したあと、何事もなかったかのようにゴロゴロを再開した。

――なんかこいつら、玲たちみたいだな。

わざわざ俺のもとに集まるところとか、自由奔放さとか。そう思い込んで見ると、ますます愛らしく見えてくる。

「凛太郎、新しい子がきた」

膝の上にいた猫と入れ違いで、黒い猫が向こうからのしのしと歩いてきた。

黒猫は玲と俺を見比べるようにしたあと、玲の近くへと寄っていく。

「この子、凛太郎みたい」

「……そうか？」

玲と黒猫は、しばらく見つめ合っていた。

俺みたいな猫と言われても、全然ピンと来ない。しかし玲の中では、何か噛み合うものがあったようだ。

「おいで？」

玲がそう声をかけると、黒猫はその膝の上に跳び乗った。

そして体をぐうっと伸ばし、玲の頬を優しく舐《な》めた。

「ん、くすぐったい」

「だいぶお前に懐いてるみたいだな」

「私に懐いてるのも、きっとこの子が凛太郎に似てるから」

「……恥ずい言い方すんな」

そう言うと、黒猫は何故か俺に視線を向けてきた。

そしてどういうわけか、まるで俺に見せつけるかのように、今度は玲の胸に足を置いてふみふみと動かし始める。

「……凛太郎のえっち」

「触ってるのは俺じゃねぇだろ……！」

俺のほうにジト目を向けるな。

「あら……！　リ、リ、リンくんがふみふみなんて珍しい！」

近くを通った店員のお姉さんが、玲と黒猫を見て突然声を上げた。

「あ……急に声出してごめんなさい」

「大丈夫です。……この子、リンくんって言うんですか？」

「はい、リンくんです。五歳の男の子なんですよ」

「……リン」

そうつぶやきながら、玲が再びこっちを見る。

共通点見つけたりとでも言いたげだな、おい。

「この子、生まれてすぐお母さんに捨てられちゃったみたいで……弱り切っていたところを、このカフェで引き取ったんです」

「「……」」

――気まずい。

いいんだよ、そんなところまで似なくて。

俺が色々と吹っ切れたあとでよかったな。

「そのせいか分からないんですけど、全然ふみふみしてくれなかったんですよ……あ、ご存じですか？　猫のふみふみって、母猫のおっぱいを押して、母乳を出やすくする意味があるって考えられてるんですよ」

「へぇ……」

「この子はお母さんがいないから、きっとそういうことをしないんだって思ってたんですけど……お姉さんからは、自然とそうしたくなるようなオーラが出てたんですかね」

お姉さんは嬉《うれ》しそうに黒猫――リンくんを見つめた。

自分が話題の中心になっていることを知ってか知らずか、リンくんはいまだに玲の胸をふみふみし続けている。

……ちょっと長いな。

「……可愛《かわい》いね、リンくん」

「おい……もうそろそろいいんじゃないか？」

「でも、引き離したら可哀想《かわいそう》」

俺たちの会話を聞いていたお姉さんが、そっとリンくんを抱き上げる。

俺はまったく関係ないはずなのに、玲に向かって名残惜しそうに腕を伸ばすその姿を見ていると、何故かとても恥ずかしくなる。

「これ以上は彼氏さんが嫉妬しちゃうから、ここまでにしましょうねー、リンくん」

にゃーとひと鳴きしたあと、リンくんはお姉さんに連れて行かれた。

残された俺たちの間に、妙な空気が流れ始める。

「……嫉妬したの？」

「してなっ――――いや……したかもな」

認めるのも悔しいが、今更取り繕ったところで、もう顔に出てしまっている。

世の中、諦めも肝心だ。

「ん、うちの〝凛くん〟もとても可愛い」

「やめろ……！」

ちくしょう、とんだ辱めを受けた。


ボチボチいい時間になったということで、俺たちは猫カフェを出た。

居心地が良すぎて、かなり長居してしまった。

外はすでに夕暮れ時で、間もなく完全に日が沈んでしまう。

「よし……行くか、イルミネーション」

「ん」

自然と手を繋《つな》いで、俺たちは最終的な目的地へと向かうことにした。


電車に揺られて移動し、目的の駅で降りる。

駅から出ると、そこは光の海だった。

「わぁ……！」

玲が感動の声を漏らす。

付き合いで来たつもりだった俺も、その光景には息を呑《の》んでしまった。

駅から真《ま》っ直《す》ぐ延びたメインストリート。そこに植えられた街路樹が、シャンパンゴールド色の光で彩られている。幻想的な雰囲気と、上品な色の光による高級感が見事にマッチしており、ここにいる自分が〝特別〟なのではないかと思わせてくれた。

「すごい……綺麗《きれい》だね」

「ああ、写真で見るのとは全然違うな……」

玲に見せてもらった写真と比べて、迫力が桁違いだ。

このイルミネーションは、一㎞以上続くメインストリート全体で行われている。

視界に入るすべてのものが輝いており、夜なのに昼間のように明るい。

「これは……実際に見ないと分からない感動があるな」

「ん、私もそう思う」

「歩くか」

「のんびり行こう」

二人でメインストリートを歩く。

クリスマスはとっくに終わってしまったが、人の数はそんなに減っていないように見えた。今もこれだけの賑《にぎ》わいを見せているのだから、クリスマス当日は歩けなくなるくらい人がいたんじゃなかろうか。

クリスマスという特別な日の思い出としては最高なんだろうけど、俺だったら多分楽しめていなかった気がする。このくらいゆるっと歩けるほうが、気分がいい。

「もうすぐ今年も終わりだから……年明け前に凛太郎《りんたろう》と見に来れてよかった」

「……そういや、もう年末だな」

今年も残すところ、あと四日。

あまりにも色々あり過ぎて、あっという間に感じたし、すごく長いようにも感じた。

「お前らの仕事は、残すところ年末の歌番組だけか」

「そう。生放送だから緊張する」

「玲でも緊張することあるんだな」

「自分たちのライブなら、そんなに緊張しない。でも、番組では他の出演者もいるから、迷惑をかけないか心配」

「なるほどな……」

「でも、去年の初出演のときよりはマシ。私も自信がついた」

「俺はまだ出演が二度目ってことに驚きだよ」

中学生の頃にデビューしたミルスタは、たった一、二年で大スターになった。

もう何年も第一線を走っているように思えるが、実際はそんなこともないのだ。

「アイドルってさ、デビューしたての頃ってどんなことやるんだ？」

「私たちは、最初から歌とかダンスの練習をさせられてた。事務所は、半年以内に地上波で注目を浴びるっていうのを目標にしてたみたい」

今思えば、確かにミルスタはデビューから半年くらいでその名前を聞くようになった。地上波の歌番組に出て、いきなり人気が爆発したのだ。

「半年って……相当きつかっただろ」

「きつかったけど、好きなことだから頑張れた。今もそう。好きじゃなきゃ、きっと心が折れてる」

「……だろうな」

こいつらの過酷なスケジュールを知っている身からすると、やはり羨ましい生活とは言えなかった。いくら稼いでいるとはいえ、アイドルの活動そのものを好きじゃないと、到底耐えられるはずがない。

「お前はよく頑張ってるよ……心の底から尊敬する」

「ん、急にそんなこと言われたら、照れる」

「本音を言いたくなったんだ。お前らのことは、多分俺が一番よく見てるからな」

仕事にはまったく関わっていないが、三人のプライベートを一番よく知っているのは、俺だ。だからこそ、分かる。こいつらが、生半可な覚悟で生きていないというのを。それを心の底から褒めることができるのは、俺だけだと思ったのだ。

「――――なあ」

「ん？」

「俺、お前にアイドルを辞めてほしくない」

真っ直ぐ視線を合わせ、俺は玲《れい》に対してそう告げた。

悩んで、悩んで、悩んで悩んで悩んだ末に、俺はこの素直な気持ちを玲に伝えることにした。

玲と恋人になりたい。しかし、それでは玲がアイドルを辞めることになる。

玲にアイドルでいてほしい。しかし、それでは玲と恋人にはなれない。

この二つを天秤《てんびん》にかけたとき、結局俺は、誰かの一番星を奪ってまで幸せにはなれなかった。

「お前はやっぱり、天性のアイドルだよ。だから俺は、お前がファンを泣かせるところを見たくない」

すでに玲は、自分の夢を叶《かな》える寸前まできている。

だけど、玲はもう、他の誰かの〝夢〟になってしまっている。

レイに振り向いてほしい。

レイについて行きたい。

レイになりたい。


彼女が輝くことを止《や》めれば、その多くの夢が消えてしまう。

俺はそれがどうしても我慢ならなかった。

「……凛太郎は、やっぱりすごい。私が一番欲しい言葉を、一番欲しいときにくれる」

そう言いながら、玲は瞳を潤ませた。

「私も、アイドルを辞めたくなかった」

玲は俺の手を放し、少し先を歩く。

「武道館ライブを成功させたあと、アイドルを辞めるかずっと考えてた。……凛太郎の彼女になりたかったから」

お互いに濁していた言葉を、玲は今、はっきりと口にした。

それはつまり、その選択肢が消えたことを意味している。

「でも……急いで凛太郎の彼女になったって、旨《うま》くいかないってことに気づいた。ファンのことも、お金のことも、ミアとカノンのことも無視して、幸せになれるわけがないと思った」

　玲がその場でくるりと回る。

　そこには〝レイ〟がいた。イルミネーションという光に照らされ、覚悟を決めた顔で堂々と立つ彼女は、まさしくステージの上で輝くアイドルだった。

「だから、辞めない。二人みたいに、ちゃんとやりたいことを見つけて、先のことをちゃんと考える」

「……そっか」

「だから凛太郎……これからも、ずっと私たちを支えてほしい。私たちがアイドルとして、最後まで駆け抜けられるまで」

　そう言いながら、玲は俺に手を差し伸べる。

　その手を、俺は迷うことなく握った。

「ああ、もちろんだ。もう辞めろって言われても辞めてやらねぇからな」

「ん、望むところ」

　握った手を、玲が再びするっと放す。

　そして逆に俺のほうへ一歩近づき、グイッと顔を寄せてきた。

「悔いなくアイドルを辞めたときは、覚悟してほしい。私が一生、あなたを働かなくていいようにしてあげる」

「……ははっ、そんな告白があるかよ」

「でも、一番嬉《うれ》しいでしょ？」

「ああ、最高だな」

シャンパンゴールドに照らされた世界で、俺は再び玲の手を取った。

第十章 大掃除

十二月二十九日。

ついに今年も、残すところ三日となった。

明後日《あさって》は大晦日《おおみそか》。

ミルフィーユスターズの三人は、大晦日の生放送歌番組に出演することになっている。

四人揃《そろ》って食事をする機会は、今日を入れたらあと二日しかない。

というわけで、今日と明日は、かなり豪勢な夕食にすることにした。

「やっぱ、冬と言えば鍋よね……！」

目の前でぐつぐつと煮える鍋を見て、カノンが言った。

俺たちは今、リビングにてキムチ鍋を囲んでいる。

誰が言い出したかは忘れてしまったが、いつの間にか、今日は鍋ということで満場一致していた。

キムチ鍋になったのは、カノンの提案だった。

体を温めるなら、辛くて熱いものが一番だ。

「もうボチボチ食えるぞ」

豚肉に火が通っていることを確認して、俺はそう言った。

「「「「いただきます」」」」

四人で手を合わせ、各々《おのおの》が取り皿に好きなだけ鍋の具をよそう。

――――一気になくなっちまった。

最初から相当量の具材を鍋に入れておいたのに、もうほとんどない。

しかし、こうなるのを見越して、さらに大量の第二陣、第三陣を用意しておいた。

常識的に考えれば尋常ではない量だが、こいつらならぺろりだ。

「あつあつ……！　それに辛い！」

言葉とは裏腹に、ミアは嬉しそうな様子を見せた。

キムチ鍋は辛くてなんぼ。市販の鍋の素に、少しだけ辛みを足したのだが、どうやらそれが正解だったようだ。

「ん〜〜！　最高！　いくらでも食べられるわ！」

「美味《おい》しい」

そうして第二陣も、すぐに彼女たちの胃袋へと消えていった。

俺は慌てて第三陣を投入する。

「あ、ミア!?　それあたしが狙ってたお豆腐なんですけど!?」

「残念、早い者勝ちだよ」

「くっ……りんたろー！　お豆腐もうない!?」

俺は苦笑いしながら、新しい豆腐を持ってくる。

「ちゃんとあるから、落ち着けって……」

「でかしたわっ！」

そんなに豆腐好きだったっけ、こいつ。

大きめに切った豆腐をゴロゴロと入れて、念のため用意した第四陣を投入する。

第三陣で終わらなかったのは、俺の見込みが悪かったと言わざるを得ない。

白菜、ニラ、もやし、豚肉。でかい鍋にこれでもかと具材をぶち込んだが、やはりそれも、一瞬にして消えてしまった。

――もうすっからかんだよ。

用意した具材は、もうほとんどなくなった。

残っているのは、鍋のシメのみ。

「凛太郎《りんたろう》君、シメはもちろんうどんだよね？」

ミアがそう言うと、カノンと玲が勢いよく立ち上がった。

「ちょっと！　シメはリゾットでしょ!?」

「シメはラーメン。これは譲れない」

睨《にら》み合う三人の間に、火花が散る。

シメに何を選ぶか。それはまさに戦争の火種にもなり得る危険な話題。

しかし、こんなところで戦争を起こされては、たまったものではない。

――――というわけで。

「こうなると思って、全部のシメを用意しておいた。だからもう好きなのを食え」

「「「え？」」」

そう言って、俺は三つの鍋を用意した。

元々この家にあったものと、前のマンションから持ってきたもので、かろうじて三つ。

それぞれには、キムチ鍋の素《もと》と、少量の具材が入っている。

これをシメと言っていいものか……正直、俺には判断しかねる部分だ。

ただ、これなら全員の要望が満たせる。

苦肉の策だが、戦争を避けるためには、もうこれしかない。

「まさかの方法……恐れ入った」

「ね……あたしら戦争する気満々だったのに」

「これじゃあ、ボクらが争う意味がないね」

そう言いながら、三人は目の前に置かれた鍋を見つめた。

――――あれ、なんか萎《な》えてねぇか？

「まさかとは思うが……お前ら、喧嘩《けんか》したかったとか言わねぇよな？」

「い、いやいやいや！　そんなわけないじゃない！　確かにシメ戦争まで含めて鍋パだって思ってたけど!?　そんな野蛮なことをあたしたちが望むわけないでしょ!?」

「ほとんど言っちまってるぞ……」

まずったな、どうやら気を回し過ぎたらしい。

「悪い、俺が有能すぎるあまり」

「いや、うん……あんたは何も悪くないんだけど、なんか複雑だわ」

まあ、そんなことは置いといて。

「食うだろ？」

「「「もちろん」」」

「そうこなくちゃ」

俺はそれぞれの鍋を温め、シメを作っていく。

うどん、ラーメン、リゾット。

彼女たちは、それらを一瞬にしてぺろりと平らげた。

「「「ごちそうさまでした」」」

「はい、お粗末様」

なにはともあれ、今回の鍋には満足してくれたようだ。

「ふう……」

のんびりと洗い物を済ませた俺は、三人のもとへ戻る。

「凛太郎、ご苦労様」

「おう」

労《ねぎら》いの言葉を受け取り、俺もソファーに座る。

テレビには、バラエティ番組の年末スペシャルが映っていた。

出演者の中には、よく見慣れた顔が並んでいた。

『ミルフィーユスターズは、今年の〝年末歌合戦〟は二回目の出演だったよね？　緊張とかしてる？　レイちゃん』

『そう……ですね。確かに緊張してます。でも、ずっと憧れていた番組でもあるので、出演できることになって嬉しいです』

『へぇ！　それなら気合もひとしおだね！　これはファンの人たちも楽しみでしょ！』

画面の中で、拍手が巻き起こる。

こいつらには、一体どれほどのプレッシャーがのしかかっているのだろう。

こうして見ると、三人はいつも通りケロッとしている。

何故《なぜ》、こんなにも堂々としているのか。どれだけのときを一緒に過ごしても、それだけは一生理解できない気がした。

「……レイ」

ふと、カノンが玲《れい》を呼ぶ。

その表情は、いつになく真剣だった。

「武道館ライブが終わったら……あんたはどうするの？」

カノンがそう問いかけると、玲より先にミアが声を上げた。

「カノン、それは今話すことかい？　機を見て話そうって、二人で決めたじゃないか」

「ごめん、ミア。でも……あたしは今聞くべきだと思ったのよ」

「……」

ミアが黙る。

どうやら、カノンの主張を聞き入れたようだ。

「レイ、あんた、りんたろーとなんか話したでしょ」

「……どうして分かるの？」

「あんたがやけにすっきりした顔してたからよ。絶対りんたろーに相談したと思ったわ」

まさかそんなところまでお見通しとは。

相変わらず、周りをよく見ているやつだ。

「もう、答えは出てるんでしょ？　聞かせなさいよ。あたしとミアにも」

「……分かった」

玲は、順繰りに二人を見る。

そして意を決した様子で、口を開いた。

「アイドルは、辞めないことにした。いつか、私たちの輝きが衰えてしまうその日まで……」

「……本気なのよね、それ」

「本気中の本気。もう、迷うつもりはない」

玲がそう言い切ると、リビングにしばしの沈黙が訪れた。

そして、それまで神妙な面持ちをキープしていたカノンが、盛大に息を吐く。

「はぁ～～～～よかったぁ」

へなへなと崩れ落ちるカノンを見て、俺は苦笑いを浮かべた。

自分から核心に切り込んでおいて、ずいぶんと緊張していたようだ。

まあ、ミルスタが存続するかどうかの大事な話だし、無理もない。

「てっきり、あんたはこのまま辞めるつもりかと思ってたからさぁ……」

「カノンとこの先のことについて相談してんだけど……どうやら無意味だったみたいだね」

「無意味で結構よ……レイが抜けたあとのことなんて、こっちは考えたくもなかったんだから」

そういう二人に対し、玲は頭を下げる。

「ごめん、二人とも。心配かけた」

「まったくよ……ほんとに、心配したんだから」

安堵《あんど》の表情を浮かべ、カノンは玲の肩を小突く。

これで、三人はなんの憂いもなく武道館ライブに臨めるだろう。

ひとまずは、一件落着ということでよさそうだ。

「それで、凛太郎君とは何を話したんだい？」

一件落着だったはずなのに、最後の最後でミアから爆弾が投げ込まれた。

さて、どう答えたものか。

あんな小っ恥ずかしいやり取りを、二人に共有するわけには――――。

「アイドルを引退したら、結婚してほしいって、凛太郎に頼んだ」

「ぶっ……!?」

口に含んだコーヒーを吹き出しそうになり、とっさに口元を押さえる。

「お、おい……玲？」

「ごめん、凛太郎。でも、二人にはちゃんと話しておきたい」

「いや、だからって……」

恐る恐る二人のほうを見る。

二人とも、啞然《あぜん》とした様子で玲を見ていた。

「あの、二人とも、これはその……色々あってだな」

「……びっくりした。まさかレイが、ボクらにチャンスを残すなんて」

「……は？」

ミアの言葉の意図が分からず、俺は首を傾《かし》げる。

「つまるところ……アイドルを辞めるまでなら、ボクらにもチャンスがあるってことだろう？」

ニヤリと笑ったミアに対し、何故か玲は得意げな顔をしていた。

「さすが。察しがいい」

「どーも。さながら、これは君からの宣戦布告……ってところかな？」

「そう取ってもらっても構わない」

「……まさか、君から挑発される日が来るとは思わなかったよ」

いやいやいやいや……何を楽しそうに睨み合っているのだ。

せっかく色々落ち着きそうだったのに、これではまた一波乱起きてしまう。

「あらあら、なんか余裕そうな顔してるけど、絶対後悔するわよ？」

「後悔なんてしない。私は負けない」

「……上等じゃない。あたしも、容赦なんてしないからね」

「ん、望むところ」

――完全に置いてかれている……。

当事者のはずなのに、話にまったくついていけない。

「……というわけで、覚悟してもらおうか、凛太郎《りんたろう》君」

「これからは、あたしももっとアピールしてくつもりだから、よろしくね！」

ミアとカノンが、ずいっと俺のほうへ身を寄せてくる。

それに負けじと、玲も体をねじ込んできた。

「凛太郎は、絶対に譲らないから」

「……っ！　ええい！　離れろ離れろ！　照れ殺す気か！」

俺は三人から距離を取る。

すると彼女たちは、面白がって俺を追いかけてきた。

――俺の人生は、どうしてこんなに極端なんだ……。

贅沢《ぜいたく》な悩みであることは、重々承知。

しかし、恨まれるのを覚悟で言わせてほしい。

大人気アイドルたちから、好意を寄せられる？　バカ野郎。荷が重いわ。

◇◆◇

ドタバタとした鍋パの翌日。

「よし……やってやろうじゃねぇか」

気合を入れるべく、俺は頭にタオルを巻いた。

そして用意した掃除道具を見て、鼻を鳴らす。

今日は大掃除デー。俺の培ってきた掃除スキルを、存分に振るうことができる日だ。

今年の汚れは、塵《ちり》ひとつたりとも来年には持ち越さない。

「さて、まずはあいつらの部屋からだな」

隅々まで掃除するため、あいつらには自室に待機してもらっている。

処分していいものを判断してもらうためには、そうするしかなかったのだ。

まずは一番手前のミアの部屋から。

「ミア、入るぞ」

『どうぞ』

部屋に入ると、質素なベッドにミアが座っていた。

「昨日の今日で君を招くなんて……なんだかソワソワするね」

「やめろよ……」

げんなりしながら、俺は部屋の奥まで足を進める。

好意を持ってくれるのはありがたいが、正直かなり困惑している。

こっちは、好意の理由がいまいちよく分かっていないのだ。

分からないが故に、ふとした拍子に彼女たちを裏切ってしまいそうで、恐ろしい。

「……昨日は色々言ってしまったけど、今まで通りの君でいてくれれば、ボクはそれでいいよ」

こっちの困惑を知ってか知らずか、ミアはそう声をかけてきた。

「ボクらはボクらなりに、君にアプローチしていく。君は君なりに、堂々としていてほしいな」

「……この状況でふんぞり返れるやつがいたら、連れてきてほしいくらいだ」

どうせろくなやつじゃないだろうから。

「ふふっ、それこそが君らしい反応だよ」

「まあ、今更お前ら相手に緊張したって、仕方ねぇしな……」

玲が決心したことで、ミルフィーユスターズの引退は当分先のことになった。

俺からできることなんて特にないし、焦る意味がない。

「……お言葉に甘えて、できるだけ気にしねぇようにするよ」

「そうしてくれると嬉《うれ》しいな。……それにしても、最高だとは思わない？」

「何がだよ」

「自分に好意を抱くトップアイドルたちとの共同生活……まさに夢のような日々じゃないか」

「気にすんなって言っておきながら、気にさせるようなこと言うなよ……」

再びげんなりした俺の顔を見て、ミアは楽しそうに笑う。

「ごめんごめん。でも、こうやって意識させないとさ、君を振り向かせられないだろう？」

「おいおい……」

俺は、どういう感情でそれを受け止めればいいのだろうか。

想像以上に先が思いやられる生活だな、こりゃ。

「……じゃあ、掃除始めるぞ」

「うん、お願いします」

好きだのアプローチだのは置いといて、今はとにかく掃除だ。

部屋をざっと見回したところ、特に目立ったゴミはないように見えた。

元々ミアの部屋は、ものが少ない。

ベッド、デスク、ノートパソコン、本棚。特に趣味はないようで、娯楽にかかわるものは見当たらない。強《し》いて言うなら、本くらいだろうか。

「これ、前にお前が出たドラマの原作か？」

「そう。ボクが出演したドラマのこと、覚えててくれたんだね。これも愛かな？」

「遊んでるだろ……お前」

「はて？」

俺がジト目で睨《にら》みつけると、ミアは口笛を吹きながら目を逸《そ》らした。

「それにしても……」

俺は、この部屋の様子に違和感を覚えた。

何を隠そう、服がまったく見当たらない。

普段であれば、私服が乱雑に散らばっているのに。

「……で、いらねぇものとかある？」

「……」

ミアの視線が、無言でクローゼットへと向けられる。

俺は嫌な予感を覚えながら、それを開けた。

「うおっ……」

開けた瞬間、彼女の服が雪崩のように溢《あふ》れてきた。

「どうりで綺麗《きれい》だと思った……ここに全部詰め込んでやがったんだな」

「ごめん……なんか、散らかってるのが急に恥ずかしくなっちゃって」

意外な心境変化だな。

こうなっちまったら、あんまり意味ないけど。

「で……いらないものはあるか？」

「うーん……そうだな。ほつれてるのはさすがに処分するとして……」

ミアと共に、服の整理を始める。

改めて見てみると、大した量だ。

服の量はカノンが一番だが、一般人と比べれば、ミアだって相当な数を所有している。

これを精査していくのは、至難の業だ。

「あ、ここは全部いらないかな」

そう言いながらミアは俺に紙袋を渡してきた。

何かと思って中を覗《のぞ》くと、そこには大量の下着類が入って――――。

「おいっ！　こんなの俺に渡すなって！」

「え、どうせ最後は凛太郎君がまとめて処分してくれるんでしょ？　あとで見るのも、今見るのも一緒だよ」

「た、確かにそうかもしれねぇけどさ……」

洗濯のときにも見てしまうことはあるし、別にこれが初めてというわけではないが、もう少し恥じらいを持ってほしいと願ってしまうのは、俺だけなのだろうか？

ぐちぐち言ったところで、仕方ないものは仕方ない。

俺はできる限り見ないようにしながら、ミアの不用品を回収した。

「……捨てずに持っておくのは構わないけど、ボクに気づかれないようにしてね」

「そんなことしねぇよ！」


不用品を回収し、ひと通り掃除をした俺は、ミアの部屋をあとにした。

まだ一部屋目だというのにこれか。先が思いやられるな。

「はぁ……カノン、入るぞ」

『あーい』

カノンの間の抜けた返事を聞きながら、俺は部屋に入る。

「ずいぶん時間かかってたじゃない」

「ああ、色々あってな……」

ラフな格好をしたカノンが、俺を出迎える。

カノンの部屋は、他の二人と比べれば圧倒的に片付いている。

せいぜい化粧品のゴミが転がっていたり、服が何着か出しっぱなしになっている程度だ。

――待てよ？　これって片付いてるほうなのか？

他二人がかなり酷《ひど》いせいで、感覚がマヒしている気がする。

「ちょっと……あんまりジロジロ見ないでよ。恥ずかしいでしょ」

「ああ、悪い」

驚いた、まだ恥じらいが残っていたんだな。

「最初に不用品から回収してんだけど、なんかあるか？」

「古い服とか、あとは間違えて買った化粧品かなぁ」

「化粧品を間違える？　そんなことあんのか」

「まあ間違えるっていうか……いいなーと思って買って、いざ肌に載せたら意外と色が違って見えたりとか、肌に合わなかったりとか、想定外のことが起きるのよ」

そう言いながら、カノンは引き出しから色々な化粧品を取り出した。

どれがなんなのか、俺にはまったく分からない。

ただ共通して言えることは、使われた形跡がほとんどないということだ。

「もったいないし、いつもは欲しがってる友達にあげたり、あの二人に譲ったりしてるんだけど……リップとかさ、一回使っちゃったらあげづらいでしょ？」

「あー……なるほどな」

さすがの俺でも理解できる。

何せ、口をつけてしまってるわけで。たとえいくら相手が気にしないと言っても、こっちが気にしてしまう。

「で、こうなっちゃうわけ」

「結構可愛《かわい》いやつもあるけど……本当にいいのか？」

ものによっては、インテリアにもなりそうだ。

いくら使いものにならず、貰《もら》い手《て》もいないからって、捨ててしまうのはもったいなく感じる。

「見た目は可愛いし、置いといてもいいんだけどさ……化粧品って、一応使用期限があるのよ」

「え、そうなのか……」

「未開封なら何年か持つんだけど、一回開けちゃったやつばっかりだからねぇ……あんまり手元に置いときたくないの」

「そりゃ仕方ねぇな」

俺も、一日でも期限が切れた食品は処分するようにしている。

普段からそんなことは起きないように心掛けているが、うっかりというのは誰にでもあることだ。

特に体調不良明けは、かなり苦しい思いをした。

まる四日寝込んでいたせいで、買い溜《た》めておいた食品がほとんど駄目になっていたのだ。

あんな経験は、二度とごめんだ。

――って、そんな俺の話はどうでもいいとして。

「じゃあ、これは回収しちまうからな」

「うん、お願いね」

それから俺は、古くなった服を何着か回収した。

幸い、下着を渡されるなんてこともなく。

何事もなく一仕事を終えた俺は、そのまま部屋をあとにしようとした。

「……あ、そのリップ、こっそり使ったりしないでよね」

「使わねぇよ……！」

もしかして流行《はや》ってんのか？　その釘《くぎ》の刺し方。

気合を入れて臨んだはずなのに、すでにドッと疲れている。

しかし、残すは玲《れい》の部屋だけ。

このあと家全体の掃除が待っているというのは置いといて、玲の部屋を片付けたら今日の難関はすべてクリアだ。

――最後が一番しんどいんだけどな……。

玲の部屋は、ミアとカノンと比べて散らかり具合の次元が違う。

家事に対してほとんど適性を持たない玲だが、中でも片付け、掃除に関しては壊滅的と言っていい。

洗濯を覚え、料理も覚えたのだから、片付けだっていつかできるようになる可能性は十分ある。いつになるかは、まったく見当もつかないが。

「ふぅ……玲、今大丈夫か？」

そう声をかけてみたが、返事がない。

「……玲？」

ノックしてみても、部屋の主《あるじ》から声が返ってくることはなかった。

部屋の中にいることは、間違いないはずなのだが――――。

「……もしや」

俺はそっと扉を開け、部屋の中に入る。

すると案の定、気持ちよさそうに寝息を立てる玲の姿があった。

「だいぶ待たせちまったしな……」

思いのほか前の二人が長引いたため、退屈で寝てしまったのだろう。

驚いたのは、いつもなら散らばっているはずの衣服やゴミに、片付けようとした跡があること。空いている時間に、少しでも自分でやろうとしたらしい。

甘やかしすぎと言われようと、そういう玲の意識の変化を、俺は褒めたいと思う。

さて、残酷なことだが、このまま玲を寝かしておくわけにはいかない。

断捨離のために、今は起きてもらおう。

「玲、起きろ」

「ん……」

身じろぎしながら、玲は目を開けた。

まさに寝ぼけ眼《まなこ》といった様子の玲は、何を思ったか急に俺の手を取って、頬ずりし始めた。

「んぅ……りんたろう……」

「おいおい……！」

顔が熱い。

こんなことをされて、ドキドキしない男がいるだろうか？

「れ、玲！　起きろ……！」

「……あれ、凛太郎《りんたろう》」

意識がはっきりしたようで、玲は身を起こして周囲を見回す。

「あ、寝ちゃってた」

「いや……それは別にいいんだけどさ」

「ミアとカノンの部屋は終わったの？」

「ああ。待たせて悪かったな」

「大丈夫。ちょっと片付けて待ってた」

「おお、やるじゃん」

俺がそう褒めると、玲は自慢げに胸を張った。

まあ寝てたけどな、普通に。

「……じゃあ、やっていくか」

「ん、お願いします」

ある程度自分で片付けたとはいえ、部屋の中はまだまだ散らかっている。

目立つのは、やはり脱ぎ散らかされた服だ。

出かける前に何着も試着しては、その辺に放置してしまうらしい。

外に着ていったわけではないから、洗濯にも出さずそのままにしてしまうんだとか。

理屈は分かるが、それでもやはり片付けたほうがいいぞと言いたい。

まあ、それをサポートするために俺がいるのだ。

「いらねぇ服とかあったか？」

「中学の頃からずっとある服とか……そういうのはもういらないかも」

「じゃあそれがどの服か教えてくれ」

「ん」

玲に判断を仰ぎながら、服を仕分けていく。

いらないと言われた服たちは、確かに今の玲の服と比べれば、一回り小さい。

新品同然のものもあったが、もう着られないだろう。

「あ、ここに入ってるブラは全部いらない」

「ブラって……」

玲が豪快にタンスを開けると、そこにはカラフルな下着類が詰まっていた。

「どうしてお前らはそんな簡単に下着を見せるんだよ……！」

「最近つけてるやつは、さすがに恥ずかしい。でも、これはもうつけられないやつだから、ただの不用品」

「意味分からん理屈だな……」

今はつけていないとは言え、下着は下着だと思うんだが。

「この辺は、全部一年生の頃のやつ。胸が大きくなったせいで、つけられなくなった」

「そういう話はいいんだよ……！」

今日は朝から永遠に気まずいな。

「こっちの体操着とかも、今着たら多分すごいことになる」

そう言って、玲は中学時代に着ていたであろう体操着を引っ張りだした。

胸元には、しっかり乙咲《おとさき》という文字が縫われている。

「でも、中にはそういうのが好きな男の人もいるって、ミアが言ってた」

「マジでろくなこと教えねぇな……あいつ」

「凛太郎は、体操着の女の子、好き？」

「い、いや……別に……」

「そう……」

「なんで残念そうなんだよ」

「凛太郎を〝萌《も》え〟させたかった」

「萌えさせたってどうにもならねぇぞ……」

実のところ、興味がないと言えば嘘《うそ》になる。

俺とて健全な男子高校生。興味があるのは自然の摂理。

しかし、だからこそ、素直になり切れない部分があることを理解してほしい。

「なんか、凛太郎が喜びそうな服……他にもあったかな」

「探さんでいいわ……」

もうツッコむことにも疲れてきた。

さっさとやるべきことを済ませてしまおう。

黙々と服の仕分けを進めていけば、それだけで玲の部屋はかなり片付いて見えるようになった。これだけ不用品を溜め込めるのは、ある意味才能ではなかろうか。

「ふぅ……だいぶすっきりしたな」

「ん……ちょっと寂しい」

「……分からんでもねぇな」

捨ててしまったほうがすっきりするのは理解していても、割り切れない部分はある。

他人から見れば無価値なものでも、本人にとっては、たくさんの思い出が詰まった宝物かもしれない。

だから俺も、明らかに不要なものですら、持ち主に確認を取ってから捨てている。

こうしてまとめた不用品の中には、玲がまだアイドルではなかった頃のものもあった。

彼女にとって、何か思うところがあってもおかしくない。

「悪いな、時間もらっちまって」

「ううん、自分のものだから」

「あとはゴミをまとめて、掃除機と拭き掃除して終わりだ」

「ん、あとはお願いします」

「任せろ」

そうして俺は、すぐに玲の部屋の掃除を済ませた。

「そんじゃ、別のところの掃除に行くから」

「ありがとう、凜太郎。おかげで綺麗《きれい》になった」

「あいよ」

笑顔でそう返した俺は、玲の部屋をあとにした。

だいぶ時間を食ってしまったが、これで今日の難関は終わった。

あとは普段から掃除している場所ばかり。

面倒臭いと言えば面倒臭いが、やってりゃ終わる。

「ん？」

俺のスマホに電話がかかってきた。

相手は——親父《おやじ》か。

「珍しいな……」

そうつぶやきながら、俺は電話に出る。

「もしもし？」

『急にかけてすまんな、凜太郎』

「ああ、別にいいよ」

今でも思うが、まさか俺が親父とこんな風に話すようになるなんてな。

人生、本当に何が起きるか分からない。

「急にどうした？」

『ああ、年始に少し時間が取れそうでな。あまりない機会だから、お前と暮らしている子たちに挨拶させてもらえないか？』

「おいおい……柄にもねぇな」

『社会人として、挨拶するのは当然だろう』

それはまあ、確かに。

むしろ今まで家主と顔を合わせていないことのほうが、よっぽど問題か。

「……分かったよ。伝えとくけど、結構忙しい連中だから、会えない可能性も十分あるぞ？」

『極力合わせるようにする。当日はお前たちに迎えの車を用意するから、指定の店で落ち合おう』

「わざわざ外で会わなくても、この家で顔合わせすればいいんじゃねぇか？」

『なんか照れ臭いだろ。少しは考えろ』

「うぜぇ……」

いい歳《とし》した親父が何を言ってんだか……。

つーか、こんな愉快な男だったたか？

「一応訊《き》くけど……奢《おご》りだろうな」

『当然だ』

「それならいいよ」

『現金なやつだな』

「あんたの息子だからな」

俺がそう言うと、スマホの向こうから女の噴き出す声がした。

今のはソフィアさんの声だ。親父のやつ、スピーカーで話してんのかよ。

『ごほん……というわけで、予定を訊いておいてくれ。頼んだぞ』

「はいよ」

そう言って、俺は通話を切った。

あいつらと一緒に、親父に挨拶か……。なんか、急に緊張してきたな。

ひとまず今は掃除だ。あいつらへ詳しい話をするのは、やることをやってからにしよう。

あとがき

このたびは、クラなつ六巻の購入ありがとうございます。原作者の岸本和葉です。

今回は、作者としてずっと書きたいと思っていた看病回です。

ついに間近に迫った武道館ライブに向けて、彼らの団結力もまた一段と深まったかと思います。それに応じて、三人の熾烈《しれつ》なヒロイン争いも加速してしまいましたが……まあ、それはそれ、これはこれということで。

短めで恐縮ですが、今回も素晴らしいイラストを用意してくださったみわべ先生、作品を支えてくださっている担当編集様、その他関係者の皆様、そして購入してくださった読者の皆様に、最大限の感謝を。

それでは、また次巻でお会いしましょう。

一生働きたくない俺が、クラスメイトの大人気アイドルに懐かれたら 6
国民的美少女アイドルたちとのクリスマス

発　行　2024年6月25日　初版第一刷発行

著　者　岸本和葉
発行者　永田勝治
発行所　株式会社オーバーラップ
〒141-0031　東京都品川区西五反田 8-1-5
校正・DTP　株式会社鷗来堂
印刷・製本　大日本印刷株式会社

Printed in Japan　ISBN 978-4-8240-0852-7 C0193

作品のご感想、ファンレターをお待ちしています

あて先：〒141-0031　東京都品川区西五反田 8-1-5 五反田光和ビル4階　ライトノベル編集部
「岸本和葉」先生係／「みわべさくら」先生係

PC、スマホからWEBアンケートに答えてゲット!

★この書籍で使用しているイラストの『無料壁紙』
★さらに図書カード（1000円分）を毎月10名に抽選でプレゼント!

▶https://over-lap.co.jp/824008527
二次元バーコードまたはURLより本書へのアンケートにご協力ください。
オーバーラップ文庫公式HPのトップページからもアクセスいただけます。
※スマートフォンと PC からのアクセスにのみ対応しております。
※サイトへのアクセスや登録時に発生する通信費等はご負担ください。
※中学生以下の方は保護者の方の了承を得てから回答してください。

オーバーラップ文庫公式 HP ▶ https://over-lap.co.jp/lnv/